HÉSIODE ÉDITIONS

LEONID ANDREÏEV

Les Sept pendus

Hésiode éditions

© Hésiode éditions.

1 rue Honoré - 93500 Pantin.
ISBN 978-2-493135-24-7
Dépôt légal : Septembre 2022

Impression Books on Demand GmbH

In de Tarpen 42
22848 Norderstedt, Allemagne

Les Sept pendus

I

À UNE HEURE DE L'APRÈS-MIDI, EXCELLENCE !

Comme le ministre était un homme très gros, prédisposé à l'apoplexie, et qu'il fallait lui épargner toute émotion dangereuse, on prit de minutieuses précautions pour l'avertir qu'un grave attentat était projeté contre lui. Lorsqu'on vit qu'il accueillait la nouvelle avec calme, on lui communiqua les détails : l'attentat devait avoir lieu le lendemain, au moment où Son Excellence quitterait la maison pour aller au rapport. Quelques terroristes, munis de revolvers et de bombes, qu'un agent provocateur avait dénoncés et qui se trouvaient maintenant sous la surveillance de la police, se rassembleraient à une heure de l'après-midi près du perron, et attendraient la sortie du ministre. C'est là que les criminels seraient arrêtés.

– Pardon ? interrompit le ministre surpris. Comment savent-ils que j'irai présenter mon rapport à une heure de l'après-midi, alors que je n'en suis informé moi-même que depuis deux jours ?

Le commandant du corps de défense eut un vague geste d'ignorance :

– À une heure de l'après-midi, Excellence !

Étonné et en même temps satisfait de l'habileté avec laquelle la police avait conduit l'affaire, le ministre hocha la tête ; un sourire dédaigneux parut sur ses grosses lèvres cramoisies ; il fit rapidement tous les préparatifs nécessaires pour aller passer la nuit dans un autre palais, afin de ne gêner en rien les policiers.

Tant que les lumières brillèrent dans cette nouvelle résidence, tant que ses familiers lui exprimèrent leur indignation et s'agitèrent autour de lui, le ministre, éprouva un sentiment d'excitation agréable. Il lui semblait qu'on venait de lui donner ou qu'on allait lui donner une grande récompense inattendue. Mais les amis partirent, les lumières furent éteintes. La clarté intermittente et fantastique des lampes à arc de la rue frappa le plafond et les murs, pénétrant au travers des hautes fenêtres – symbole de la fragilité de tous les verrous, de tous les murs, de toutes les surveillances. Alors, dans le silence et la solitude d'une chambre étrangère, le dignitaire fut envahi d'une terreur indicible.

Il avait une maladie de reins. Chaque émotion violente provoquait l'enflure du visage, des pieds et des mains et le faisait paraître plus lourd, plus massif. Maintenant, pareil à un tas de chair bouffie pesant sur les ressorts du lit, il sentait, avec l'angoisse des gens malades, son visage se gonfler et devenir comme étranger à son corps. Sa pensée revenait obstinément au sort cruel que ses ennemis lui préparaient. Il évoqua l'un après l'autre les attentats récents, où des bombes avaient été lancées contre des personnes aussi nobles que lui et même plus titrées ; les engins déchiraient les corps en mille lambeaux, projetaient les cerveaux contre d'ignobles murs de briques et arrachaient les dents des mâchoires. Et à ces souvenirs, il lui semblait que son corps malade éprouvait déjà l'effet de l'explosion. Il se représenta ses bras détachés des épaules, ses dents cassées, son cerveau écrasé. Allongées dans le lit, ses jambes s'engourdissaient, immobiles, les pieds en l'air, comme ceux d'un mort. Il respira bruyamment, toussa, pour ne ressembler en rien à un cadavre ; il remua, pour entendre le bruit des ressorts métalliques, les froissements de la couverture de soie. Et pour se prouver qu'il était tout à fait vivant, il prononça d'une voix ferte et nette :

– Braves bougres ! Braves bougres !

Ceux qu'il louait ainsi, c'étaient les agents de police, les gendarmes, les soldats, tous ceux qui protégeaient sa vie et avaient prévenu l'attentat. Mais il avait beau remuer, s'exclamer, sourire de l'échec des terroristes, il ne pouvait se persuader qu'il était sauvé. Il croyait sentir au contraire que la mort, dont il était menacé, était déjà présente et qu'elle se tiendrait auprès de lui jusqu'à ce que les assassins eussent été saisis, dépouillés de leurs engins et jetés dans une prison sûre. Il l'apercevait dans un angle de la pièce, droite et immobile, pareille à un soldat obéissant placé en sentinelle de par une volonté inconnue.

« À une heure de l'après-midi, Excellence ! » Cette phrase revenait, prononcée sur tous les tons : tantôt joyeuse et ironique, tantôt obstinée et stupide. On eût dit qu'une centaine de phonographes, placés dans la chambre, criaient l'un après l'autre, avec l'idiote application des machines :

« À une heure de l'après-midi, Excellence ! »

Et cette « une heure de l'après-midi » du lendemain, qui, si peu de temps auparavant, ne se distinguait en rien des autres heures, cette heure avait pris une importance menaçante ; elle était sortie du cadran et commençait à vivre d'une vie distincte, en s'allongeant comme un immense rideau noir, qui partageait la vie en deux. Avant elle et après elle, nulle autre heure n'existait : elle seule, présomptueuse et obsédante, avait droit à une vie particulière.

En grinçant des dents, le ministre se souleva dans son lit et s'assit. Il lui était positivement impossible de dormir.

Avec une netteté terrifiante, en serrant contre sa figure ses mains boursouflées, il se représenta comment il se serait levé le lendemain, s'il n'avait rien su. Il aurait pris son café, il se serait habillé dans le vestibule ; et ni lui, ni le suisse qui lui aurait mis sa pelisse, ni le valet de chambre qui lui aurait servi le café n'auraient compris l'inutilité de pareils soins… Le suisse aurait ouvert la porte… Oui, ce bon suisse prévenant, aux yeux bleus, au regard franc, aux nombreuses décorations militaires, c'est lui qui aurait ouvert de ses propres mains la porte terrible.

– Ah ! fit tout à coup le ministre à haute voix, et lentement il enleva les mains de son visage. En regardant dans l'ombre, bien loin devant lui, d'un regard fixe et attentif, il tendit la main pour tourner le bouton de la lampe. Puis, il se leva et, pieds nus, fit le tour de la chambre étrangère, inconnue de lui ; trouvant un autre bouton, il le tourna aussi. La pièce devint claire et agréable ; seuls, le lit en désordre, la couverture tombée, indiquaient une terreur qui n'avait pas encore complètement disparu.

Vêtu d'une chemise de nuit, la barbe embroussaillée, le regard irrité, le ministre ressemblait à tous les vieillards tourmentés par l'asthme et l'insomnie. On eût dit que la mort, préparée pour lui par d'autres, l'avait dénudé, arraché au luxe dont il était entouré. Sans s'habiller, il se jeta dans un fauteuil ; ses yeux errèrent au plafond.

– Imbéciles ! cria-t-il d'un ton méprisant et convaincu.

Ce mot s'adressait aux policiers que, l'instant d'avant, il avait qualifiés de « braves bougres » et qui, par excès de zèle, lui avaient fait part de tous les détails de l'attentat projeté.

– Évidemment, raisonnait-il, j'ai peur maintenant parce qu'on m'a averti. Mais si je n'avais rien su, j'aurais tranquillement pris mon café. Et ensuite, évidemment, cette mort… Mais ai-je donc, en vérité, si peur de la mort ? J'ai les reins malades, je dois en mourir un jour, pourtant je n'ai pas peur, parce que je ne sais rien. Et ces imbéciles me disent : « À une heure de l'après-midi, Excellence ! » Ils ont pensé que j'en serais heureux !… Au lieu de cela, la mort est venue se placer dans le coin et elle ne s'en va plus ! Elle ne s'en va pas, parce que c'est ma pensée ! Ce n'est pas mourir qui est terrible, c'est de savoir qu'on va mourir. Il serait tout à fait impossible à l'homme de vivre s'il connaissait l'heure et le jour de sa mort avec une certitude absolue. Et ces idiots qui me préviennent : « À une heure de l'après-midi, Excellence ! »

Récemment, il avait été malade, et les médecins lui avaient dit qu'il allait mourir, qu'il devait prendre ses dernières dispositions. Il ne les avait pas crus ; et en effet, il était resté en vie. Dans sa jeunesse, il lui était arrivé de perdre pied ; résolu d'en finir avec l'existence, il avait chargé son revolver, écrit des lettres et fixé l'heure de son suicide ; puis, au dernier moment, il avait réfléchi. Car toujours, à l'instant suprême, une circonstance inattendue peut se produire ; aucun homme, par conséquent, ne peut savoir quand il mourra.

« À une heure de l'après-midi, Excellence ! » lui avaient dit ces aimables crétins. On l'en avait informé seulement parce que sa mort était conjurée ; or, il était terrifié rien qu'en apprenant l'heure où elle eût été possible. Certes, il savait bien qu'on le tuerait une fois ou l'autre, mais ce ne serait pas demain... ce ne serait sûrement pas demain ; il pouvait dormir tranquille, comme un être immortel. Les imbéciles ! ils ne soupçonnaient pas quel gouffre ils avaient creusé en disant, avec une stupide amabilité : « À une heure de l'après-midi, Excellence ! »

Le cœur soudain traversé d'une angoisse aiguë, le ministre comprit qu'il n'aurait ni sommeil, ni repos, ni joie, tant que cette heure maudite, noire, et comme en dehors des jours, ne serait pas écoulée. Elle suffisait pour anéantir la lumière et envelopper l'homme dans les ténèbres opaques de la peur. Une fois réveillée, la peur de la mort se répandait de fibre en fibre, s'infiltrait dans les os, suait par tous les pores.

Le ministre ne pensait déjà plus aux assassins de demain : ils avaient disparu, égarés dans la foule des choses néfastes qui entouraient sa vie. Il craignait l'inattendu, l'inévitable : une attaque d'apoplexie, une déchirure du cœur, la rupture d'une petite artère qui, soudain, ne pourrait résister à l'afflux du sang et sauterait comme un gant trop juste sur des doigts enflés.

Son cou gros et court lui faisait peur ; il n'osait regarder ses doigts enflés, pleins d'une humeur fatale. L'instant d'avant, dans l'obscurité, il avait dû remuer pour ne pas ressembler à un mort ; et voici que maintenant, sous cette lumière vive, froide, hostile, effrayante, il lui semblait horrible, impossible même de se mouvoir pour allumer une cigarette ou sonner un domestique. Ses nerfs se tendaient. Les yeux rouges et convulsés, la tête en feu, il étouffait.

Soudain, dans l'obscurité de la maison endormie, parmi la poussière et les toiles d'araignée, la sonnette électrique s'anima sous le plafond. La petite langue métallique frappait de saccades pressées le bord de la clochette sonore. Elle se tut, puis tinta de nouveau en un bruit continu et terrifiant.

On accourut. Çà et là, des lampes s'allumèrent aux murs et aux lustres ; il y en avait trop peu pour que la clarté fût intense, mais assez pour faire apparaître les ombres. Elles se montrèrent partout : elles se dressèrent dans les angles et s'allongèrent contre le plafond, s'accrochant à toutes les saillies, courant le long des murs. Il était difficile de comprendre où se trouvaient auparavant toutes ces ombres taciturnes, monstrueuses et innombrables, âmes muettes de choses muettes.

Une voix épaisse et tremblante disait on ne sait quoi. Puis on téléphona au médecin : le ministre se trouvait mal. On fit aussi venir la femme de Son Excellence.

II

À LA PEINE DE MORT PAR PENDAISON.

Les prévisions de la police se réalisèrent. Quatre terroristes, trois hommes et une femme, porteurs de bombes, de revolvers et de machines infernales, furent pris devant le perron de la résidence ; on arrêta un cinquième complice à son domicile, où les engins avaient été fabriqués et le complot tramé. On trouva la une grande quantité de dynamite, d'armes. Ils étaient tous très jeunes ; l'aîné des hommes avait vingt sept ans, la plus jeune des femmes dix-neuf. On les jugea dans la forteresse où ils avaient été emprisonnés après leur arrestation ; on les jugea rapidement, à huis clos, comme on le faisait à cette époque impitoyable.

Devant le tribunal, tous les cinq furent paisibles, mais sérieux et pensifs : leur mépris pour les juges était si grand qu'ils ne voulurent pas souligner leur hardiesse par un sourire inutile ou une gaîté feinte. Ils furent juste assez tranquilles pour protéger leur âme et sa grande ombre d'agonie contre les regards étrangers et malveillants. Parfois ils refusaient de répondre aux questions, parfois ils répondaient simplement, brièvement, nettement, comme s'ils eussent parlé à des statisticiens désireux de compléter des tableaux de chiffres et non pas à des juges. Trois d'entre eux, une femme et deux hommes, donnèrent leur véritable nom ; les deux autres refusèrent de faire connaître leur identité. Ils manifestèrent pour tout ce qui se passa cette curiosité lointaine et atténuée propre aux gens gravement malades ou possédés par une seule idée toute-puissante. Ils jetaient des coups d'œil rapides, saisissaient au vol une parole intéressante et se remettaient à penser, en reprenant à l'endroit même où la pensée s'était arrêtée.

L'accusé placé le plus près des juges avait déclaré se nommer Serge Golovine, ancien officier, fils d'un colonel en retraite. Il était tout jeune, large d'épaules, et si robuste que ni la prison ni l'attente de la mort certaine n'avaient pu ternir la coloration de ses joues, et altérer l'expression de naïveté heureuse de ses yeux bleus. Tant que durèrent les débats, il tourmenta sa barbe blonde embroussaillée, dont il n'avait pas encore l'habitude, et regarda fixement la fenêtre, en fronçant les paupières.

On était à la fin de l'hiver, à l'époque où, parmi des tourmentes de neige et des journées de froid morne, le printemps proche envoie parfois, en précurseur, un jour lumineux et tiède, ou même une seule heure, mais si passionnément jeune et étincelante que les moineaux de la rue deviennent fous de joie et que les hommes semblent enivrés. À travers la fenêtre d'en haut, sale encore de la poussière de l'été précédent, on voyait un ciel très bizarre et très beau : au premier coup d'œil, il semblait d'un gris laiteux et trouble ; puis, à le regarder mieux, il apparaissait avec des taches d'azur d'un bleu de plus en plus profond, pur et infini. Et parce qu'il ne se dévoilait pas brusquement, mais se drapait pudiquement dans le voile transparent des nuages, il devenait cher, telle une fiancée. Serge Golovine regardait le ciel, tiraillait sa moustache, clignait tantôt l'un, tantôt l'autre de ses yeux aux longs cils touffus et réfléchissait profondément on ne sait à quoi. Une fois même, il agita vivement ses doigts ; une expression de joie naïve parut sur son visage ; mais il regarda autour de lui et sa joie s'éteignit comme un tison sur lequel on a posé le pied. Presque instantanément, presque sans transition, la rougeur des joues fit place à une blancheur cadavérique ; un fin cheveu arraché avec douleur fut serré comme dans un étau par les doigts aux extrémités exsangues. Mais la joie de la vie et du printemps était encore plus forte. Quelques minutes plus tard, le jeune visage avait repris son expression naïve et se tournait vers le ciel printanier.

C'est vers le ciel aussi que regardait une jeune fille inconnue, surnommée Moussia. Elle était plus jeune que Golovine, mais semblait être son aînée par sa gravité, le sérieux de ses yeux loyaux et fiers. Seuls, le cou délicat et les bras minces décelaient ce quelque chose d'insaisissable, qui est la jeunesse elle-même et qui résonnait si distinctement dans sa voix pure, harmonieuse, pareille à un instrument de prix et d'un accord parfait dans chaque mot. Moussia était très pâle, de cette blancheur passionnée, particulière à ceux qui brûlent d'un feu intérieur, radieux et puissant. Elle ne remuait presque pas ; de temps à autre seulement, d'un geste à peine visible, elle tâtait, au troisième doigt de la main droite, une trace profonde, la trace d'une bague récemment enlevée. Elle regardait le ciel avec calme et indifférence, simplement parce que tout, dans cette salle banale et malpropre, lui était hostile et semblait scruter son regard. Ce coin de ciel bleu était la seule chose pure et vraie qu'elle pût regarder avec confiance.

Les juges avaient pitié de Serge Golovine et haïssaient Moussia.

Le voisin de Moussia, immobile aussi, dans une pose un peu affectée, les mains croisées entre les genoux, était un inconnu surnommé Werner. Si l'on peut verrouiller un visage comme une lourde porte, l'inconnu avait verrouillé le sien comme une porte de fer. Il fixait obstinément le plancher et il était impossible de savoir s'il était calme ou profondément ému, s'il pensait à quelque chose ou écoutait les dépositions des agents de police. Sa taille était peu élevée, et ses traits étaient fins et nobles. Il donnait l'impression d'une force immense et calme, d'une vaillance froide et insolente. La politesse même avec laquelle il fournissait des réponses claires et brèves semblait dangereuse sur ses lèvres. Si la capote du prisonnier paraissait être un accoutrement ridicule sur le dos des autres prévenus, par contre, on ne la voyait même pas sur lui, tant l'habit était étranger à l'homme. Bien que Werner n'eût été armé que d'un mauvais revolver, alors que les autres portaient des bombes et des machines infernales, les juges le considéraient comme le chef et le traitaient avec un certain respect.

La terreur insupportable de la mort et le désir désespéré de réprimer cette peur, de la dissimuler aux juges, partageaient l'âme de son voisin, Vassili Kachirine. Dès le matin, depuis que les prisonniers avaient été conduits au tribunal, il étouffait sous les battements précipités de son cœur. Des gouttes de sueur apparaissaient sans cesse sur son front ; ses mains étaient également moites et froides ; collée au corps, sa chemise humide et glacée gênait ses mouvements. Par un effort de volonté surhumain, il obligeait ses doigts à ne pas trembler, sa voix à être ferme et mesurée, son regard tranquille. Il ne voyait rien autour de lui ; le bruit des voix lui parvenait comme au travers d'un brouillard, et c'est dans un brouillard aussi qu'il se raidissait en un effort désespéré pour répondre avec fermeté, à haute voix. Mais dès qu'il avait parlé, il oubliait la question, aussi bien que ses propres phrases ; et de nouveau la lutte recommençait, muette, terrible. Déjà, la mort le marquait d'une empreinte si évidente que les juges évitaient de le regarder. Il était aussi difficile de déterminer son âge que celui d'un cadavre en voie de décomposition. D'après ses papiers, il n'avait que vingt-trois ans. Une ou deux fois, Werner lui toucha doucement le genou, et chaque fois, il répondit brièvement :

– Ce n'est rien.

Le moment le plus dur pour lui fut celui-ci, où il éprouva soudain une envie irrésistible de crier sans paroles, comme une bête traquée. Alors, il poussa légèrement Werner ; sans lever les yeux, celui-ci répondit à voix basse :

– Ce n'est rien, Vassia. Ce sera bientôt fini !

Consumée par l'inquiétude, Tania Kovaltchouk, la cinquième terroriste, couvait ses camarades d'un regard maternel. Elle était encore très jeune ; ses joues semblaient aussi colorées que celles de Serge Golovine, et cependant elle semblait être la mère de tous les accusés, tant son regard et son sourire étaient pleins d'anxiété tendre, d'amour infini. La marche du procès ne l'intéressait pas. Elle écoutait ses camarades, préoccupée seulement de savoir si leur voix tremblait, s'ils avaient peur, s'il fallait leur donner des soins.

Mais elle ne pouvait regarder Vassili ; son angoisse était trop forte ; elle se contentait de faire craquer ses doigts potelés ; elle admirait avec fierté et respect Moussia et Werner ; son visage alors prenait une expression grave et sérieuse ; sans cesse, elle tachait d'attirer les regards de Serge Golovine par son sourire.

« Le cher camarade, il regarde au ciel. Regarde, regarde ! » pensa-t-elle en voyant où il dirigeait les yeux.

« Et Vassia ? Mon Dieu ! Mon Dieu !… Que faire pour le réconforter ? Si je lui parle, ce sera pire peut-être ; s'il allait se mettre à pleurer ? »

Comme un étang paisible reflète tous les nuages errants, son aimable et clair visage reflétait tous les sentiments, toutes les pensées, si fugaces fussent-elles, de ses quatre camarades. Elle oubliait qu'on la jugeait aussi et qu'elle serait pendue ; son indifférence à cet égard était absolue. C'était chez elle qu'on avait trouvé un dépôt de bombes et de dynamite ; quelque bizarre que cela parût, elle avait accueilli la police à coups de feu et blessé un agent à la tête.

Le jugement prit fin vers huit heures, alors que le jour commençait à baisser. Peu à peu, aux yeux de Serge et de Moussia, le ciel bleu s'éteignit ; sans rougir, sans sourire, doucement comme aux soirs d'été, il se troubla, devint grisâtre, froid et hivernal. Golovine poussa un soupir, s'étira, leva les yeux vers la fenêtre, où l'obscurité glaciale de la nuit se montrait déjà ; toujours en tiraillant sa barbe, il se mit à examiner les juges, les soldats, leurs armes, il échangea un sourire avec Tania Kovaltchouk. Quant à Moussia, lorsque le ciel se fut éteint, elle dirigea son regard, sans l'abaisser à terre, vers un angle où une toile d'araignée se balançait doucement sous l'invisible souffle d'air chaud venu du calorifère, et elle resta ainsi jusqu'à ce que la sentence fût prononcée.

Après le verdict, les condamnés prirent congé de leurs défenseurs, en évitant les regards déconcertés, apitoyés et confus de ces derniers ; puis, un instant, ils se groupèrent près de la porte et échangèrent de courtes phrases.

– Ce n'est rien, Vassia ! Tout sera bientôt fini ! dit Werner.

– Mais je n'ai rien, frère ! répondit Kachirine, d'une voix forte, calme et comme joyeuse. En effet, son visage s'était légèrement coloré et ne ressemblait plus à celui d'un cadavre.

– Que le diable les emporte ! ils nous pendront tout de même ! jura naïvement Golovine.

– Il fallait s'y attendre ! répondit Werner sans se troubler.

– Demain, le jugement définitif sera rendu et on nous mettra dans la même cellule, dit Tania, pour consoler ses camarades. Nous resterons ensemble jusqu'à l'exécution.

Moussia, en silence, se remit en marche d'un air résolu.

III

IL NE FAUT PAS ME PENDRE…

Quinze jours avant l'affaire des terroristes, la même cour martiale, mais composée autrement, avait jugé et condamné à mort par pendaison Ivan Ianson, paysan.

Ivan Ianson s'était loué comme ouvrier agricole chez un fermier aisé et ne se distinguait en rien des autres pauvres diables de sa classe. Il était natif de Wesenberg, en Estonie ; depuis quelques années, il s'avançait peu à peu vers la capitale, en passant d'une ferme à l'autre. Il savait très mal le russe. Comme son patron était un Russe, du nom de Lazaref, et qu'aucun de ses compatriotes n'habitait dans le voisinage, Ianson resta presque deux ans sans parler. Il gardait le silence avec les bêtes comme avec les gens. Il menait le cheval à l'abreuvoir et l'attelait sans lui parler, en tournant autour de lui paresseusement, à petits pas hésitants. Quand le cheval se mettait à ruer, Ianson le frappait cruellement, sans mot dire, de son énorme fouet. La boisson transformait en furie son entêtement froid et méchant. Alors le sifflement du fouet scandé de trépignements douloureux des sabots sur les planches du hangar parvenaient jusqu'à la ferme. Pour le punir de torturer le cheval, le patron battit Ianson, mais ne parvenant pas à le corriger, il renonça à le frapper.

Une fois ou deux par mois, Ianson s'enivrait, particulièrement quand il conduisait son patron à la gare. Une fois celui-ci en wagon, Ianson s'éloignait d'une demi-verste et attendait que le train fût parti.

Puis il retournait à la gare et s'enivrait au buffet. Il revenait à la ferme au grand galop, rouant de coups la malheureuse rosse, lâchant les rênes, chantant, criant, en estonien, des phrases incompréhensibles. Parfois silencieux, les dents serrées, envahi par un tourbillon de fureur, de souffrance et d'enthousiasme indicibles, il allait dans sa course folle comme un aveugle : sans prendre garde aux passants, il s'élançait à une allure insensée qu'il ne ralentissait ni aux tournants, ni aux descentes.

Son maître avait songé à le renvoyer ; mais Ianson ne demandait pas de gros gages et ses camarades ne valaient pas mieux que lui.

Un jour, il reçut une lettre écrite en estonien. Comme il ne savait ni lire, ni écrire, et que personne dans Son entourage ne connaissait cette langue, Ianson jeta la lettre au fumier avec une indifférence sauvage. Il essaya aussi de faire la cour à la fille de ferme, ayant probablement besoin d'une femme ; elle le repoussa, car il était petit et chétif, couvert de taches de rousseur, hideux, et il cessa aussitôt de s'occuper d'elle.

Mais s'il parlait peu, Ianson écoutait sans cesse. Il écoutait les champs mornes et désolés, où des monticules de fumier gelé ressemblaient à une série de petites tombes couvertes de neige ; il écoutait le lointain bleuâtre et limpide, les poteaux télégraphiques sonores. Lui seul savait ce que disent les champs et les poteaux du télégraphe. Il écoutait aussi les conversations des hommes, les récits de meurtres, de pillages, d'incendies.

Une fois, pendant la nuit, au hameau, la petite cloche du temple tinta, faible et lamentable ; des flammes s'élevaient. Des malfaiteurs, venus on ne sait d'où, pillaient la ferme voisine. Ils tuèrent le maître et sa femme et mirent le feu à la maison. L'inquiétude naquit dans la ferme où vivait Ianson : jour et nuit, les chiens étaient lâchés ; le maître laissait un fusil à portée de son lit. Il voulut aussi donner une arme à Ianson, mais celui-ci, après avoir examiné le fusil, hocha la tête et refusa de le prendre. Le maître ne comprit pas que Ianson avait plus de confiance en l'efficacité de son couteau finnois qu'en ce vieux et bon fusil.

— Votre machine me tuerait moi-même ! dit-il.

— Tu n'es qu'un imbécile, Ivan !

Et ce même Ivan Ianson, qui se méfiait d'un fusil, perpétra, un soir d'hiver, alors que l'autre ouvrier s'était rendu à la gare, un triple forfait, avec une simplicité étonnante. Après avoir enfermé la servante dans la cuisine, il s'approcha du maître, à pas de loup, et le frappa dans le dos à coups de couteau. Le patron tomba sans connaissance ; sa femme se mit à crier et à courir dans la chambre. Les dents découvertes, le couteau à la main, Ianson commença à fouiller malles et tiroirs. Puis, comme s'il avait vu la femme du patron pour la première fois, il se jeta tout à coup sur elle pour la violer, bien que la pensée ne lui en fût jamais venue. Par bonheur, la femme fut la plus forte ; non seulement elle résista, mais elle étrangla à demi Ianson, qui, au cours de la lutte, avait laissé choir son couteau. Sur ces entrefaites, le patron reprit ses sens et la servante, enfonçant la porte de la cuisine, apparut. Ianson s'enfuit. On s'empara de lui une heure plus tard : accroupi dans un coin du hangar, il cherchait à mettre le feu à la ferme.

Quelques jours après cette tragédie, le fermier mourait. Ianson fut jugé et condamné à mort. Au tribunal, on eût dit qu'il ne comprenait pas le sens de ce qui se passait : il regardait sans curiosité la grande salle imposante et fourrait dans son nez un doigt recroquevillé. Ceux qui l'avaient vu le dimanche à l'église auraient seuls pu deviner qu'il avait fait un peu de toilette : il portait une cravate tricotée, d'un rouge sale ; par places, ses cheveux étaient lisses et foncés ; ailleurs, ils formaient des mèches claires et maigres, semblables à des fétus de paille dans un champ inculte et dévasté.

Lorsque le verdict : peine de mort par pendaison, fut prononcé, Ianson s'émut soudain. Il rougit violemment, se mit à dénouer et renouer sa cravate, comme si elle l'étouffait. Puis il agita les bras sans savoir pourquoi, et déclara à l'un des juges, en désignant le président qui avait lu la sentence :

– Elle a dit qu'il fallait me pendre...

– Qui, « elle » ? demanda, d'une voix de basse profonde, le président.

Ianson montra le président du doigt et répondit, en le regardant en dessous, avec colère :

– Toi !

– Eh bien ?

De nouveau, Ianson tourna les yeux vers celui des juges, en qui il devinait un ami, et répéta :

– Elle a dit qu'il fallait me pendre. Il ne faut pas me pendre…

– Emmenez le condamné !

Mais Ianson eut encore le temps de répéter, d'un ton grave et convaincu :

– Il ne faut pas me pendre !

Et il avait l'air si stupide, avec son doigt étendu, avec son visage irrité auquel il essayait en vain de donner de la gravité, que le soldat de l'escorte, violant la consigne, lui dit à mi-voix en l'entraînant :

– Tu peux te vanter d'être un fameux imbécile !

– Il ne faut pas me pendre ! répéta obstinément Ianson.

On l'enferma de nouveau dans la cellule où il avait passé un mois et à laquelle il s'était habitué, comme il s'était accoutumé à tout : aux coups, à l'eau-de-vie, à la campagne déserte et neigeuse, parsemée de monticules arrondis, semblables à des tombes. Il éprouva même du plaisir à revoir son lit, sa fenêtre grillée, et à manger ce qu'on lui donna ; il n'avait rien pris depuis le matin. Certes, l'événement du tribunal était désagréable, mais il ne savait pas y penser. Il ne se représentait pas du tout ce qu'était la mort par pendaison.

— Eh bien, frère, te voilà pendu ! lui dit son geôlier, avec une bienveillance ironique.

— Et quand me pendra-t-on ? demanda Ianson, incrédule.

Le geôlier réfléchit :

— Ah ! attends, frère ! Il te faut des compagnons ; on ne se dérange pas pour un seul, et surtout pour un bonhomme comme toi !

— Alors, quand ? insista Ianson.

Il n'était pas offensé de ce qu'on ne voulût pas prendre la peine de le pendre, lui tout seul ; il ne croyait pas à ce prétexte, persuadé qu'on ne différait la date de l'exécution que pour le gracier ensuite.

— Quand ? Quand ? reprit le gardien. Il ne s'agit pas de pendre un chien, qu'on entraîne derrière un hangar et qu'on expédie d'un seul coup ! Est-ce ça que tu voudrais, imbécile !

— Mais non, je ne veux pas ! repartit Ianson avec une grimace joyeuse. C'est elle qui a dit qu'il fallait me pendre, mais moi, je ne veux pas !

Et, pour la première fois de sa vie peut-être, il se mit à rire, d'un rire grinçant et stupide, mais terriblement gai. Il semblait qu'une oie se fût mise à crier. Étonné, le geôlier regarda Ianson, puis il fronça les sourcils : cette gaîté bête d'un homme qu'on devait exécuter insultait la prison, le supplice lui-même et les rendait ridicules. Et il sembla au vieux gardien qui avait passé toute son existence en prison et considérait les lois de la geôle comme celles de la nature, que la prison et la vie tout entière étaient une sorte d'asile de fous dont lui, le surveillant, était le plus grand.

– Que le diable t'emporte ! fit-il en crachant à terre. Pourquoi montres-tu les dents ? Tu n'es pas au cabaret ici !

– Et moi, je ne veux pas ! Ha ! ha ! ha !

Ianson riait toujours.

– Satan ! répliqua le surveillant, en faisant un signe de croix.

Pendant toute la soirée, Ianson fut calme, joyeux même. Il répétait sans se lasser : « Il ne faut pas me pendre », et cette phrase était si convaincante, si irréfutable qu'il n'avait à s'inquiéter de rien. Depuis longtemps, il avait oublié son crime ; parfois seulement, il regrettait de n'avoir pas réussi à violer la femme. Bientôt il n'y pensa plus.

Chaque matin, Ianson demandait quand il serait pendu, et chaque matin, le gardien lui répondait avec colère :

– Tu as bien le temps !

Et il sortait vivement, avant que Ianson se mît à rire.

Grâce à cet échange de paroles invariables, Ianson se persuada que l'exécution n'aurait jamais lieu ; pendant des journées entières, il restait couché, en rêvant vaguement aux champs désolés et couverts de neige, au buffet de la gare et aussi à des choses plus lointaines et plus lumineuses. Comme il était bien nourri en prison, il prit de l'embonpoint.

– Elle m'aimerait maintenant, se disait-il, en pensant à la femme de son patron. Maintenant, je suis aussi gros que son mari.

Il n'avait qu'une seule envie : boire de l'eau-de-vie et courir follement les routes avec son cheval lancé au triple galop.

Lorsque les terroristes furent arrêtés, toute la prison l'apprit. Un jour, quand Ianson posa sa question coutumière, le surveillant lui répondit brusquement d'une voix irritée :

– Ce sera bientôt. Dans une semaine, je pense.

Ianson palit ; le regard de ses yeux vitreux devint si trouble qu'il semblait s'être complètement endormi. Il demanda :

– Tu plaisantes ?

– Naguère, tu ne pouvais pas attendre le moment ; aujourd'hui, tu dis que je plaisante. On ne tolère pas les plaisanteries, chez nous. C'est vous qui aimez les plaisanteries, nous autres, nous ne les supportons pas, répliqua le gardien avec dignité, en s'éloignant.

Lorsque le soir arriva, Ianson avait maigri. Sa peau plissée, redevenue lisse pendant quelques jours, s'était contractée en mille petites rides. Le regard s'était éteint ; les mouvements se faisaient avec lenteur, comme si chaque hochement de tête, chaque geste du bras, chaque pas eût été une entreprise difficile, qu'il fallait d'abord étudier à fond. La nuit, Ianson se coucha sur son lit de camp, mais ses yeux ne se fermèrent pas ; jusqu'au matin, ils restèrent ouverts.

– Ah ! ah ! fit le surveillant, en le voyant le lendemain.

Avec la satisfaction du savant qui vient de réussir une nouvelle expérience, il examina le condamné attentivement : maintenant, tout allait selon la règle. Satan était couvert de honte, la sainteté de la prison et du supplice était manifeste. Indulgent, plein de pitié sincère même, le vieillard demanda :

– Veux-tu voir quelqu'un ?

– Pourquoi ?

– Pour lui dire adieu… Ta mère, par exemple, ou ton frère…

– Il ne faut pas me pendre, déclara Ianson à voix basse, en jetant un coup d'œil oblique au geôlier, je ne veux pas !

Le surveillant le regarda, sans mot dire.

Ianson se calma un peu quand vint le soir. Le jour ressemblait tant aux autres jours, le ciel hivernal et nuageux brillait d'une manière si coutumière, si familier était le bruit de pas et de conversations résonnant dans le corridor, que Ianson cessa de croire à l'exécution. Naguère, il accueillait la nuit avec calme comme l'heure à laquelle il fallait dormir. À présent, il avait conscience de son essence mystérieuse et menaçante. Pour ne pas croire à la mort, il faut voir et entendre autour de soi le mouvement coutumier de la vie : des pas, des voix, de la lumière. Maintenant, tout était extraordinaire pour lui ; ce silence, ces ténèbres semblaient être celles de la mort inévitable. Affolé, il gravissait la première marche du gibet.

Le jour, la nuit, lui apportaient des alternatives d'espoir et de crainte ; il en fut de même jusqu'au soir où il sentit, où il comprit que la mort viendrait dans trois jours, au moment où le soleil se lève.

Il n'avait jamais pensé à la mort ; pour lui, elle n'avait point de forme. Mais d'heure en heure, il sentait nettement qu'elle était entrée dans la cellule, qu'elle le cherchait en tâtonnant. Pour lui échapper, il se mit à courir.

La pièce était si petite que les angles semblaient repousser Ianson vers le centre. Il ne pouvait se cacher nulle part. À plusieurs reprises, Ianson frappa les murailles, du torse ; une fois, il heurta la porte. Il chancela, tomba le visage contre terre et sentit que la mort le saisissait. Collé au sol, la figure touchant l'asphalte sale et noir, Ianson se mit à hurler de terreur jusqu'à ce qu'on accourût. Lorsqu'on l'eut relevé, assis sur son lit et aspergé d'eau froide, il n'osa pas encore ouvrir les yeux. Il entr'ouvrait un œil, apercevait un angle vide et lumineux de la cellule, et recommençait à hurler.

Mais l'eau froide agissait. En outre, le gardien de service frappa paternellement Ianson sur la tête, à plusieurs reprises. Cette sensation de vie chassa la pensée de la mort. Ianson dormit profondément le restant de la nuit. Il dormit, couché sur le dos, la bouche ouverte, avec des ronflements sonores et prolongés. Entre les paupières mal jointes, apparaissait un œil blanchâtre, plat et mort, sans prunelle.

Ensuite, le jour, la nuit, les voix, les pas, tout devint pour lui une horreur continue qui le plongeait dans un état d'étonnement sauvage. Ianson ne pensait à rien ; il ne comptait même pas les heures ; il était simplement en proie à une terreur muette devant cette contradiction, qui affolait son cerveau : aujourd'hui la vie, demain la mort. Il ne mangeait plus rien, il avait complètement cessé de dormir ; les jambes croisées sous lui, craintif, il restait assis toute la nuit sur un tabouret ou bien il se promenait à pas furtifs dans sa cellule.

Les geôliers cessèrent de faire attention à lui.

– Il est devenu sourd ; désormais il ne sentira plus rien jusqu'au moment de mourir, expliqua le vieux geôlier, en l'examinant de son regard expérimenté.

– Ivan, tu entends ? Hé ! Ivan !

– Il ne faut pas me pendre ! répondit Ianson d'une voix blanche ; sa mâchoire inférieure pendait.

– Si tu n'avais pas tué, on ne te pendrait pas, fit d'un ton réprobateur le geôlier en chef, un homme encore jeune, important et décoré.

– Pour voler, tu as tué ; et tu ne veux pas être pendu !

– Je ne veux pas ! répliqua Ianson.

– Au lieu de dire des bêtises, tu ferais mieux de disposer de ce que tu possèdes ; tu dois bien avoir quelque chose !

– Il n'a rien du tout ! Une chemise et des pantalons ! Et une casquette de fourrure !

Ce fut ainsi que le temps passa jusqu'au jeudi. Et le jeudi à minuit, un grand nombre de gens pénétrèrent dans la cellule de Ianson ; un monsieur avec des épaulettes de drap lui dit :

– Préparez-vous ! Il faut partir !

Toujours avec la même lenteur et la même indolence, Ianson se revêtit de ce qu'il possédait et noua autour de son cou la cravate sale. Tout en le regardant s'habiller, le monsieur aux épaulettes, qui fumait une cigarette, dit à l'un des assistants :

– Comme il fait chaud aujourd'hui ! C'est le printemps !

Les yeux de Ianson se fermèrent ; il s'assoupissait complètement. Le vieux gardien cria :

– Allons ! allons ! Dépêche-toi ! Tu dors !

Soudain, Ianson resta immobile.

– Il ne faut pas me pendre, dit-il avec indolence.

Il se mit à marcher avec soumission, en haussant les épaules. Dans la cour, il fut brusquement saisi par l'air humide et printanier ; le dégel avait commencé et des gouttes d'eau tombaient avec bruit, joyeuses et innombrables. Tandis que les gendarmes montaient dans la voiture sans lanterne en se courbant et en faisant cliqueter leur sabre, Ianson passait paresseusement le doigt sous son nez mouillé ou arrangeait sa cravate mal nouée.

IV

« NOUS, CEUX D'OREL... »

Dans la même session, la cour martiale qui avait jugé Ianson avait condamné à la peine capitale par pendaison Mikhaïl Goloubetz, surnommé Michka le Tzigane, paysan du gouvernement d'Orel, district d'Eletz. Le dernier crime dont on l'accusait, avec preuves à l'appui, était un pillage à main armée, suivi de l'assassinat de trois personnes. Quant à son passé, il était inconnu. De vagues indices permettaient de croire que le Tzigane avait pris part à toute une série d'autres meurtres. Avec une sincérité, une franchise absolues, il se qualifiait de brigand et accablait de son ironie ceux qui, pour suivre la mode, s'appelaient pompeusement « expropriateurs ». Il racontait volontiers dans tous ses détails son dernier crime ; mais, dès qu'on touchait au passé, il répondait :

— Allez demander au vent qui souffle sur les champs !

Et si l'on persistait à l'interroger, le Tzigane prenait un air digne et sérieux.

— Nous, ceux d'Orel, nous sommes tous des têtes brûlées, les pères de tous les voleurs du monde, affirmait-il d'un ton posé et judicieux.

On l'avait surnommé Tzigane à cause de sa physionomie et de ses instincts de pillard. Il était maigre, étrangement noir, avec des taches jaunes sur ses pommettes saillantes comme celles d'un Tartare. Son regard était court et vif, plein de curiosité, effrayant. Les choses sur lesquelles il s'était fixé avaient perdu on ne sait quoi, s'étaient transformées, en lui donnant une partie d'elles-mêmes. On hésitait à prendre une cigarette qu'il avait regardée, comme si elle avait été déjà dans sa bouche. Sa nature extraordinairement mobile le montrait tantôt replié sur lui-même, tantôt se répandant comme en une gerbe d'étincelles. Il buvait de l'eau presque par seaux, comme un cheval.

Quand les juges le questionnaient, il répondait en levant vivement la tête, sans hésiter, avec satisfaction même :

– C'est vrai !

Parfois, il appuyait :

– C'est vr-r-ai !

Brusquement, il sauta sur ses pieds et demanda au président :

– Permettez-moi de siffler !

– Pourquoi cela ? fit celui-ci, étonné.

– Les témoins disent que j'ai donné le signal à mes camarades ; je veux vous montrer comment j'ai fait. C'est très intéressant.

Un peu déconcerté, le président accorda l'autorisation demandée. Le Tzigane plaça vivement dans sa bouche quatre doigts, deux de chaque main ; il roula les yeux avec férocité, et l'air inanimé de la salle d'audience fut déchiré par un sifflement sauvage. Il y avait de tout dans ce bruit perçant, quasi humain, quasi animal : l'angoisse mortelle de celui qu'on tue, la joie sauvage de l'assassin ; une menace, un appel, la solitude tragique, l'obscurité d'une nuit d'automne pluvieuse.

Le président agita la main ; le Tzigane s'arrêta docilement. Pareil à un artiste qui vient de jouer un air difficile au succès assuré, il s'assit, essuya ses doigts mouillés à sa capote de prisonnier et regarda les assistants d'un air satisfait.

– Quel brigand ! s'exclama l'un des juges, en se frottant l'oreille.

Mais son voisin, qui avait des yeux de Tartare, pareils à ceux du Tzigane, regarda d'un air rêveur, au loin, sourit et répliqua :

– C'est effectivement intéressant !

Sans nul remords de conscience, les juges condamnèrent le Tzigane à mort.

– C'est juste ! dit le Tzigane lorsque la sentence fut prononcée.

Et se tournant vers un soldat de l'escorte, il ajouta par bravade :

– Hé bien, allons-nous-en, imbécile ! Et tiens bien ton fusil, sinon je te le prends !

Le soldat le regarda d'un air craintif ; il échangea un coup d'œil avec son camarade et vérifia la platine de son arme. L'autre fit de même. Et pendant tout le trajet jusqu'à la prison, il sembla aux soldats qu'ils ne marchaient pas, mais qu'ils volaient ; ils étaient si absorbés par le condamné qu'ils n'eurent pas conscience de la route qu'ils parcouraient ni du temps, ni d'eux-mêmes.

Comme Ianson, Michka le Tzigane resta dix-sept jours en prison avant d'être exécuté. Et ces dix-sept journées passèrent aussi rapidement qu'un seul jour, remplies d'une seule et unique pensée, celle de la fuite, de la liberté, de la vie. L'âme violente et indomptable du Tzigane, étouffée par les murs et les grillages de la fenêtre opaque, usait toute son énergie à incendier le cerveau de Michka. Comme dans une vapeur d'ivresse, des images vives bien qu'imparfaites tourbillonnaient, se heurtaient, se confondaient dans sa tête ; elles passaient avec une rapidité aveuglante et irrésistible, et tendaient toutes au même but : la fuite, la liberté, la vie. Pendant des heures entières, les narines dilatées comme celles d'un cheval, le Tzigane flairait l'air : il lui semblait qu'il sentait l'odeur du chanvre et de l'incendie. Ou bien, il tournait comme une toupie dans sa cellule, examinant les murs, les tâtant du doigt, mesurant, perçant le plafond du regard, sciant mentalement les grillages. Par son agitation, il torturait le soldat qui le surveillait par le guichet ; à plusieurs reprises, celui-ci avait menacé de faire feu.

Pendant la nuit, le Tzigane dormait profondément, sans remuer, en une immobilité invariable, tel un ressort momentanément inactif. Mais dès qu'il sautait sur ses pieds, il recommençait à combiner, à tâter, à étudier. Il avait toujours les mains sèches et chaudes. Parfois, son cœur se figeait brusquement, comme si on eût placé dans sa poitrine un bloc de glace qui ne fondait pas et qui faisait courir sur sa peau un frisson continu. À ces moments-là, le teint déjà foncé de Michka devenait plus sombre encore et prenait la nuance bleu-noire de la fonte. Un tic bizarre s'empara alors de lui ; comme s'il avait mangé un plat beaucoup trop sucré, il se léchait constamment les lèvres ; puis, avec un sifflement, les dents serrées, il crachait à terre. Il n'achevait plus les mots : ses pensées couraient si vite que la langue ne parvenait plus à les formuler.

Le surveillant en chef entra un jour dans sa cellule, en compagnie du soldat de garde. Il loucha sur le sol constellé de crachats et dit d'un air rude :

– Voyez-vous, comme il a sali sa cellule !

Le Tzigane répliqua vivement :

– Et toi, gros museau, tu as sali toute la terre et je ne t'ai rien dit. Pourquoi m'ennuies-tu ?

Avec la même rudesse, le surveillant lui proposa de faire l'office du bourreau. Le Tzigane découvrit les dents et se mit à rire :

– On n'en trouve point ! Ce n'est pas mal ! Allez donc pendre les gens ! Ah ! Ah ! Il y a des cous, il y a des cordes et personne pour pendre ! Diable, ce n'est pas mal !

– On te laissera la vie pour récompense !

– Je le pense bien : ce n'est pas quand je serai mort que je pourrai faire le bourreau.

– Alors, est-ce oui ou non ?

– Et comment pend-on, chez vous ? On étrangle probablement les gens en cachette…

– Non, on les pend en musique ! rétorqua le surveillant.

– Imbécile ! Bien entendu, il faut de la musique… Comme celle-ci !…

Et il se mit à chanter un air entraînant.

– Tu es devenu complètement fou, mon ami ! dit le surveillant. Allons, parle sérieusement, que décides-tu ?

Le Tzigane découvrit les dents.

– Es-tu pressé ! Reviens, je te le dirai !

Et le chaos des images confuses qui accablaient le Tzigane s'augmenta d'une nouvelle image : au milieu d'une place noire de monde, un échafaud s'élève sur lequel, lui, le Tzigane, se promène, en chemise rouge, la hache à la main. Le soleil éclaire les têtes, joue gaiement sur le métal de la hache ; tout est si joyeux, si magnifique que même celui à qui on va couper la tête sourit. Derrière la foule, on voit les chars et les naseaux des chevaux : les paysans sont venus en ville à cette occasion. Plus loin encore, les champs. Le Tzigane se lécha les lèvres et cracha par terre. Soudain, il lui sembla qu'on venait de lui enfoncer sa casquette de fourrure jusque sur la bouche : tout devint sombre ; il haleta ; et son cœur se transforma en un bloc de glace, tandis que de petits frissons couraient sur son corps.

Deux fois encore, le surveillant revint ; les dents découvertes, le Tzigane lui répondit :

– Es-tu pressé ! Reviens encore une fois !

Enfin, un jour, le geôlier lui cria en passant devant le guichet :

– Tu as manqué l'occasion, vilain corbeau. On en a trouvé un autre.

– Que le diable t'emporte ! Va faire le bourreau toi-même ! répliqua le Tzigane. Et il cessa de rêver aux splendeurs de ce métier.

Mais, vers la fin, plus la date de l'exécution se rapprochait et plus l'impétuosité des images devenait insupportable. Le Tzigane aurait voulu en suspendre le cours, mais le torrent furieux l'emportait, sans qu'il pût se retenir à quoi que ce fût. Et son sommeil devint agité ; il eut des visions nouvelles, déformées, mal équarries telles des morceaux de bois enluminés, et encore plus impétueuses que ses pensées. Ce n'était plus un torrent, mais une chute continuelle d'une hauteur infinie, un vol tourbillonnant à travers le monde éblouissant des couleurs. Naguère, le Tzigane ne portait qu'une moustache très soignée ; depuis qu'il était en prison, il avait dû laisser pousser sa barbe qui était courte, noire, piquante et lui donnait l'air fou. Au surplus, le Tzigane perdait l'esprit par moments. Il tournait autour de sa cellule sans en avoir conscience, en tâtant les murs rugueux.

Il buvait toujours beaucoup d'eau, comme un cheval.

Un soir, alors qu'on allumait les lampes, le Tzigane se mit à quatre pattes au milieu de sa cellule et poussa un hurlement de loup. Très sérieux, comme s'il accomplissait un acte indispensable et important, il aspirait l'air à pleins poumons, puis le chassait lentement en un hurlement prolongé. Les paupières froncées, il s'écoutait avec attention. Le tremblement même de sa voix semblait un peu affecté ; il ne criait pas d'une manière indistincte : il faisait résonner chaque note à part dans ce cri de fauve, qui trahissait une souffrance et une terreur indicibles.

Soudain, il s'interrompit, resta silencieux pendant quelques minutes, sans se redresser. Il se mit à chuchoter, comme s'il parlait au sol :

– Chers amis, bons amis... Chers amis... bons amis... ayez pitié... Amis ! Mes amis !

Il disait un mot et l'écoutait.

Il sauta sur ses pieds et, pendant une heure entière, il proféra sans s'arrêter les pires imprécations.

– Allez au diable, canailles ! hurlait-il, en roulant ses yeux injectés de sang. S'il faut que je sois pendu, pendez-moi, au lieu de... Ah ! gredins !...

Blanc comme craie, le soldat pleurait d'angoisse et de peur ; il heurtait le canon de son fusil contre la porte et criait d'une voix lamentable :

– Je te fusillerai ! Par Dieu, tu entends ! Je te fusillerai !

Mais il n'osait pas tirer : on ne faisait jamais feu sur des condamnés à mort, sauf en cas de révolte. Et le Tzigane grinçait des dents, jurait et crachait. Son cerveau, placé sur la limite étroite qui sépare la vie de la mort, se fragmentait comme un morceau d'argile desséchée.

Lorsqu'on vint, pendant la nuit, pour le mener au supplice, il se ranima. Ses joues se colorèrent un peu ; dans ses yeux, la ruse habituelle, un peu sauvage, étincela de nouveau, il demanda à un fonctionnaire :

– Qui nous pendra ? Le nouveau ? Il n'en a pas encore l'habitude !

– Vous n'avez pas à vous inquiéter de cela, répondit le personnage interpellé.

– Comment ! Ne pas m'en inquiéter ! Ce n'est pas Votre Altesse qu'on va pendre, mais moi ! Au moins, n'épargnez pas le savon sur le nœud coulant ; c'est l'État qui le paie !

– Je vous prie de vous taire !

– Celui-ci mange tout le savon de la prison : voyez comme son visage brille, continua le Tzigane, en désignant le surveillant.

– Silence !

– N'épargnez pas le savon !

Il se mit à rire ; tout à coup, ses jambes s'engourdirent. Pourtant, lorsqu'il fut arrivé dans la cour, il put encore crier :

– Hé ! vous autres, faites avancer mon coupé !

V

« EMBRASSE-LE ET TAIS-TOI »

Le verdict concernant les cinq terroristes a été prononcé dans sa forme définitive et confirmé le même jour. On n'a pas réuni les condamnés comme Tania le supposait, dans la même cellule, et on ne leur a pas dit quand aura lieu le supplice. Mais ils ont prévu qu'on les pendra, selon la coutume, cette nuit même ou la nuit suivante au plus tard. Lorsqu'on leur a offert de voir leur famille le lendemain, ils ont compris que l'exécution était fixée à vendredi au point du jour.

Tania Kovaltchouk n'avait pas de proches parents. Elle ne se connaissait que quelques parents lointains, habitant la Petite-Russie, lesquels, probablement, ne savaient rien du procès, ni du verdict. Moussia et Werner n'ayant pas révélé leur identité ne tenaient pas à voir les leurs. Seuls, Serge Golovine et Wassili Kachirine devaient recevoir leur famille. Tous deux envisageaient, avec effroi, cette entrevue prochaine, mais ni l'un ni l'autre n'avait la force de s'y dérober.

Serge Golovine attendait cette visite, la mort dans l'âme. Il aimait beaucoup son père et sa mère qu'il avait vus tout récemment, et il était plein de terreur à la pensée de les revoir une dernière fois. Le supplice lui-même, dans toute sa monstruosité, se dessinait plus facilement dans son imagination que ces quelques minutes incompréhensibles, hors du temps, hors de la vie. Que faire ? que dire ? Les gestes les plus simples, les plus coutumiers : serrer une main, embrasser, dire : « Bonjour, père » lui paraissaient affreux et insensés.

Toute la matinée, jusqu'à l'heure où il reçut ses parents, Serge Golovine se promena de long en large dans son cachot, en tourmentant sa barbiche, les traits pitoyablement contractés. Parfois, il s'arrêtait brusquement pour respirer comme un nageur qui est resté trop longtemps sous l'eau. Mais, comme il était bien portant, que sa jeune vie était solidement plantée en lui, même en ces minutes de souffrances atroces, le sang circulait sous sa peau, colorait ses joues et ses yeux bleus conservaient leur éclat habituel.

Tout se passa beaucoup mieux que Serge ne le supposait ; ce fut son père, le colonel en retraite Nicolas Serguiévitch Golovine, qui pénétra le premier dans la pièce où les visiteurs étaient reçus. Toute sa personne était blanche de la même blancheur : visage, cheveux, barbe, mains. Son vieux vêtement bien brossé sentait la benzine ; ses épaulettes paraissaient neuves. Il entra d'un pas ferme, mesuré, en se redressant, et dit à haute voix, sa main sèche tendue :

– Bonjour, Serge !

Derrière lui, la mère venait à petits pas, souriant d'un sourire étrange. À son tour, elle serra la main du jeune homme et répéta à haute voix :

– Bonjour, mon petit Serge !

Mais elle ne se jeta pas sur son fils, elle ne se mit pas à pleurer ou à crier, comme Serge s'y attendait ; elle l'embrassa et s'assit sans parler. Puis, d'une main tremblante, elle arrangea les plis de sa robe noire.

Serge ignorait que le colonel avait passé toute la nuit précédente à combiner cette entrevue. « Nous devons alléger les derniers moments de notre fils et non les lui rendre plus pénibles », avait décidé le colonel, et il avait soigneusement pesé chaque phrase, chaque geste de la visite du lendemain. De temps en temps, il s'embrouillait, il oubliait ce qu'il était parvenu a préparer et il pleurait amèrement, affaissé dans le coin de son canapé. Le lendemain matin, il avait expliqué à sa femme ce qu'elle devait faire.

– Surtout, embrasse-le et tais-toi, lui répétait-il. Tu pourras parler après, un peu après, mais quand tu l'embrasseras, tais-toi. Ne parle pas aussitôt après l'avoir embrassé, comprends-tu ? Sinon, tu diras ce qu'il ne faut pas dire.

– Je comprends, Nicolas Serguiévitch ! répondit la mère en pleurant.

– Et ne pleure pas ! que Dieu t'en préserve ! Ne pleure pas ! Tu le tueras, si tu pleures, mère !

– Et pourquoi pleures-tu toi-même ?

– Comment ne pleurerait-on pas avec vous autres ? Il ne faut pas que tu pleures, entends-tu ?

– Bien, Nicolas Serguiévitch.

Ils montèrent en fiacre et partirent, silencieux, voûtés, vieillis. On était au carnaval et les rues étaient pleines d'une foule bruyante. Mais les deux vieillards, plongés dans leurs pensées, n'entendirent pas la ville s'agiter gaîment autour d'eux.

On s'assit. Le colonel prit une attitude convenue, la main droite dans la fente de sa redingote. Serge resta assis un instant ; son regard rencontra le visage ridé de sa mère ; il se leva tout à coup.

– Assieds-toi, mon petit Serge ! supplia la mère.

– Assieds-toi, Serge ! répéta le père.

Ils gardèrent le silence. La mère avait un sourire étrange.

– Que de démarches nous avons faites pour toi, Serge ! Le père…

– C'était inutile, petite mère !…

Le colonel dit avec fermeté :

– Nous devions le faire pour que tu ne penses pas que tes parents t'avaient abandonné.

Ils se turent de nouveau. Ils avaient peur de prononcer une parole, comme si chaque mot de la langue avait perdu son sens propre et ne signifiait plus qu'une chose : la mort.

Serge regardait la petite redingote proprette qui exhalait une odeur de benzine et pensait : « Il n'a plus d'ordonnance, donc il a nettoyé son habit lui-même. Comment n'ai-je jamais remarqué qu'il nettoyait son habit ? Ce devait être le matin, probablement. » Soudain, il demanda :

– Et ma sœur ? Elle va bien ?

– Ninotchka ne sait rien ! répondit vivement la mère.

Mais le colonel l'interrompit avec sévérité :

– À quoi bon mentir ? Elle a lu les journaux… Que Serge sache que… tous… les siens… ont pensé… et…

Il ne put continuer et s'arrêta. Soudain, le visage de la mère se tira, les traits se brouillèrent et devinrent sauvages. Les yeux décolorés s'écarquillèrent follement ; la respiration devint de plus en plus haletante et forte.

– Se… Ser… Ser… Ser…ge, répéta-t-elle sans mouvoir ses lèvres. Ser…ge…

– Petite mère !

Le colonel fit un pas ; tremblant tout entier, sans savoir combien il était affreux dans sa blancheur cadavérique, dans sa fermeté désespérée et voulue, il dit à sa femme :

– Tais-toi ! Ne le torture pas ! Ne le torture pas ! Ne le torture pas ! Il doit mourir ! Ne le torture pas !

Puis il fit un pas en arrière, remit la main dans la fente de sa redingote ; avec une expression de calme forcé, il demanda à haute voix, les lèvres blêmes :

– Quand ?

– Demain matin, répondit Serge.

La mère regardait à terre, en se mordant les lèvres, comme si elle n'entendait rien. Et il sembla qu'elle laissait tomber ces paroles simples et étrangères tout en continuant à se mordre les lèvres :

– Ninotchka m'a dit de t'embrasser, mon petit Serge !

– Embrasse-la de ma part ! répondit le condamné.

– Bien. Les Kvostof te font saluer.

– Qui est-ce ?... Ah ! oui.

Le colonel l'interrompit :

– Allons ! il faut partir. Lève-toi, mère, il le faut !

Les deux hommes soulevèrent la femme qui défaillait.

– Dis-lui adieu ! ordonna le colonel. Bénis-le !

Elle fit tout ce qu'on lui dit. Mais tout en donnant à son fils un court baiser et en faisant sur lui le signe de croix, elle hochait la tête et répétait distraitement :

– Non, ce n'est pas cela ! Non, ce n'est pas cela !

– Adieu, Serge ! dit le père.

Ils se serrèrent la main et échangèrent un baiser bref, mais fort.

– Tu... commença Serge.

– Eh bien ? demanda le père d'une voix saccadée.

– Non, pas comme cela. Non, non ! Comment dirai-je ? répétait la mère en hochant la tête.

Elle s'était de nouveau assise et chancelait.

– Tu... répéta Serge.

Son visage prit une expression lamentable et il grimaça comme un enfant ; des larmes remplirent ses yeux. À travers leurs facettes étincelantes, il vit tout près de lui le visage pâle de son père qui pleurait aussi.

– Père ! tu es un homme fort !

– Que dis-tu ? Que dis-tu ? s'écria le colonel effaré.

Soudain, comme s'il se fût cassé, il tomba la tête sur l'épaule de son fils. Et tous deux, ils couvraient de baisers ardents, l'un, des cheveux légers, l'autre, une capote de prisonnier.

– Et moi ? demanda brusquement une voix rauque.

Ils regardèrent : la mère était debout et la tête rejetée en arrière, elle les considérait avec colère, presque avec haine.

– Qu'as-tu, mère ? demanda le colonel.

– Et moi ? répéta-t-elle en hochant la tête avec une énergie insensée. Vous vous embrassez ? Vous êtes des hommes, n'est-ce pas ? Et moi ?…

– Mère ! Et Serge se jeta dans ses bras.

Les derniers mots du colonel furent :

– Je te bénis pour la mort, Serge ! Meurs avec courage, comme un officier !

Et ils partirent… De retour dans sa cellule, Serge se coucha sur son lit de camp, le visage tourné vers le mur pour que les soldats ne le vissent pas, et il pleura longtemps.

Seule, la mère de Wassili Kachirine vint le visiter. Le père, un riche marchand, avait refusé de l'accompagner. Lorsque la vieille entra, Wassili se promenait dans sa cellule. Malgré la chaleur, il tremblait de froid. La conversation fut courte et pénible.

– Vous n'auriez pas dû venir, mère. Nous nous tourmentons, vous et moi !

– Pourquoi tout cela, Wassia ? Pourquoi as-tu fait cela, mon fils ?

Et la vieille femme se mit à pleurer en séchant ses larmes avec son fichu de soie noire.

Habitués comme ils l'étaient, ses frères et lui, à bousculer leur mère, simple femme qui ne les comprenait pas, il s'arrêta et tout en grelottant, lui dit d'un air courroucé :

– C'est ça, je le savais ! Vous ne comprenez rien, maman, rien !

– C'est bien, mon fils. Qu'as-tu ? As-tu froid ?

– J'ai froid, répondit Wassili ; et il se mit à marcher de nouveau en jetant du même air irrité des regards obliques à la vieille.

– Tu as froid, mon fils…

– Ah ! vous parlez de froid, mais bientôt…

Il eut un geste désespéré. La mère se remit à sangloter.

– Je lui ait dit, à ton père : « Va le voir. C'est ton fils, ta chair, donne-lui un dernier adieu. » Il n'a pas voulu.

– Que le diable l'emporte ! Ce n'est pas un père… Toute sa vie ce fut une canaille. Il l'est resté.

– Wassia, c'est ton père pourtant…

Et la vieille femme hocha la tête d'un air de reproche.

C'était ridicule et terrible. En face de la mort, cette conversation mesquine et inutile les retenait. En pleurant presque, tant la chose était triste, Wassili cria :

— Comprenez donc, mère. On va me pendre, me pendre ! Comprenez-vous, oui ou non ?

— Et pourquoi as-tu tué, toi ? cria-t-elle.

— Mon Dieu ! que dites-vous ? Les bêtes même ont des Sentiments. Suis-je votre fils ou non ?

Il s'assit et pleura. Sa mère pleurait aussi, mais, dans l'impossibilité où ils se trouvaient de communier tous deux dans la même affection, afin de l'opposer à la terreur de la mort prochaine, ils pleuraient des larmes froides qui ne réchauffaient pas le cœur.

— Tu me demandes si je suis ta mère ? Tu me fais des reproches et moi, je suis devenue toute blanche ces derniers jours.

— C'est bien ! c'est bien ! pardonnez-moi ! Adieu ! Embrassez mes frères de ma part.

— Ne suis-je pas ta mère ? Est-ce que je ne souffre pas pour toi ?

Elle partit enfin. Elle pleurait tant qu'elle ne voyait plus son chemin. Et à mesure qu'elle s'éloignait de la prison, ses larmes devenaient plus abondantes. Elle retourna sur ses pas, mais elle s'égara dans cette ville où elle était née, où elle avait grandi, où elle vieillissait. Elle entra dans un petit jardin abandonné et s'assit sur un banc humide.

Et subitement elle comprit : c'était demain qu'on allait pendre son fils ! D'un seul coup, elle se dressa, voulut crier, courir, mais la tête lui tourna et elle s'abattit. L'allée blanche de givre était humide et glissante : la vieille femme ne put se relever. Elle se dressait sur ses poignets et retombait de nouveau. Le fichu noir glissa de sa tête, découvrant les cheveux d'un gris sale. Il lui semblait qu'elle fêtait la noce de son fils. Oui, on venait de le marier, elle avait bu un peu de vin ; elle était légèrement ivre.

– Je n'en puis plus ! mon Dieu, je n'en puis plus !

La tête vacillante, elle rampait sur le sol humide persuadée qu'on lui faisait boire du vin, encore du vin. Et de son cœur montait avec le rire des ivrognes l'envie de se livrer à une danse sauvage… tandis qu'on portait toujours des coupes à ses lèvres, l'une après l'autre, l'une après l'autre…

VI

VI

LES HEURES S'ENFUIENT

Dans la forteresse où les terroristes étaient enfermés, il y avait un clocher avec une antique horloge. Chaque heure, chaque demi-heure, chaque quart-d'heure, l'air retentissait d'un son infiniment triste, pareil au cri lointain et plaintif des oiseaux de passage. Le jour, cette musique bizarre et désolée se perdait dans le bruit de la ville, de la grande rue animée qui passait devant la forteresse. Les tramways grondaient, les sabots des chevaux résonnaient, les automobiles trépidantes jetaient au loin leurs appels rauques. Le carnaval étant proche, les paysans des environs étaient venus en ville pour gagner quelque argent comme cochers de fiacre ; les grelots des chevaux petits-russiens tintaient bruyamment. Les conversations étaient gaies et sentaient l'ivresse, de vraies conversations de fête. Le temps était à l'unisson ; le printemps avait amené le dégel et des mares troubles mouillaient la chaussée. Les arbres des squares avaient noirci. Par larges bouffées humides, un vent tiède venait de la mer et semblait partir en un vol joyeux vers l'infini.

De nuit, la rue se taisait sous la clarté des grands soleils électriques. L'immense forteresse aux murailles lisses plongeait dans l'obscurité, dans le silence ; une barrière de calme et d'ombre la séparait de la ville continuellement vivante. Alors, on entendait sonner les heures ; étrangère à la terre, une mélodie singulière naissait et mourait, lentement, tristement. Comme de grosses gouttes de verre transparentes, les heures et les minutes tombaient d'une hauteur incommensurable, dans une vasque métallique qui vibrait doucement. Parfois, c'étaient des oiseaux qui passaient.

Dans les cellules, cette sonnerie seule arrivait, jour et nuit. Elle pénétrait au travers des épaisses murailles de pierre ; elle seule rompait le silence. Parfois, on l'oubliait, on ne l'entendait pas. Parfois, on l'attendait avec désespoir. On ne vivait que par le son et pour le son, car on avait appris à se défier du silence. La prison était réservée aux criminels de marque ; son règlement spécial, rigoureux, était ferme et rude comme l'angle des murailles. Si les choses cruelles peuvent avoir leur noblesse, il y avait de la noblesse dans ce silence solennel et profond où s'engloutit tout souffle, tout frôlement.

Dans ce silence, que traversait le tintement désolé des minutes qui s'enfuient, trois hommes et deux femmes, séparés du monde, attendaient la venue de la nuit, de l'aurore et du supplice ; et chacun s'y préparait à sa manière.

Pendant toute sa vie, Tania Kovaltchouk n'avait pensé qu'aux autres ; c'était encore pour les camarades qu'elle souffrait et se torturait. Elle ne se représentait la mort que parce que celle-ci menaçait Serge Golovine, Moussia et les autres ; elle avait oublié qu'elle aussi serait exécutée.

Comme pour se récompenser de la fermeté factice qu'elle avait montrée devant les juges, elle pleurait pendant des heures entières. Ainsi font les vieilles femmes qui ont beaucoup souffert. En pensant que Serge manquait peut-être de tabac, que Werner pouvait être privé de thé qu'il affectionnait – et ceci au moment où ils allaient mourir – elle souffrait autant qu'à l'idée du supplice. Le supplice, c'était quelque chose d'inévitable, d'accessoire même, qui ne valait pas la peine d'être pris en considération ; mais qu'un homme emprisonné manquât de tabac à la veille même de son exécution, c'était pour elle une idée insupportable.

Elle éprouvait pour Moussia une pitié particulière. Depuis longtemps, il lui semblait, à tort, que Moussia aimait Werner ; elle faisait pour eux des rêves splendides et lumineux. Avant son arrestation, Moussia portait un anneau d'argent sur lequel étaient gravés un crâne et un tibia entourés d'une couronne d'épines. Souvent Tania Kovaltchouk avait regardé cette bague avec angoisse, comme un symbole de renoncement, et elle avait prié Moussia de la lui donner.

– Non, Tania, je ne te la donnerai pas. Tu en auras bientôt une autre au doigt !

Ses camarades pensaient toujours qu'elle allait prochainement se marier, ce qui l'offensait beaucoup. Elle ne voulait pas de mari. Et en se rappelant ces conversations avec Moussia, en songeant que Moussia était en effet sacrifiée, Tania, pleine d'une pitié maternelle, sentait les larmes l'étouffer. Chaque fois que l'horloge sonnait, elle levait son visage couvert de pleurs et tendait l'oreille : comment accueillait-on dans les autres cellules cet appel plaintif et opiniâtre de la mort ?

VII

IL N'Y A PAS DE MORT

Et Moussia était heureuse !

Les bras croisés derrière le dos, revêtue d'une robe de prisonnière trop grande pour elle et qui la faisait ressembler à un adolescent affublé d'un costume d'emprunt, elle allait et venait dans sa cellule, à pas égaux, sans se lasser. Elle avait retroussé les manches trop longues de sa robe, et ses bras minces, amaigris, ses bras d'enfant, sortaient des larges entournures comme des tiges de fleurs placées dans une cruche malpropre et vulgaire. La rudesse de l'étoffe irritait la peau du cou blanc et gracile ; parfois, d'un mouvement des deux mains, elle dégageait sa gorge et tâtait avec précaution l'endroit où la peau lui cuisait.

Moussia marchait à grands pas, et elle se justifiait, en rougissant, de ce qu'on lui avait assigné à elle, si jeune, si humble, qui avait fait si peu de chose, la mort la plus belle, réservée jusqu'alors aux martyrs. Il lui semblait qu'en mourant à la potence, elle affichait une prétention de mauvais goût.

À la dernière entrevue, elle avait prié son avocat de lui procurer du poison, mais aussitôt elle y avait renoncé : n'allait-on pas penser qu'elle agissait ainsi par peur ou par ostentation ? Au lieu de mourir modestement, inaperçue, ne causerait-elle pas encore du scandale ? Aussi avait-elle ajouté vivement :

– Et puis, non, c'est inutile !

Maintenant, son unique désir est d'expliquer, de prouver qu'elle n'est pas une héroïne, qu'il n'est pas effroyable de mourir, qu'il ne faut ni la plaindre, ni se tourmenter pour elle.

Comme si on l'avait vraiment accusée, Moussia cherche des excuses, des prétextes de nature à exalter son sacrifice et à lui donner une valeur réelle.

« En effet, se dit-elle, je suis jeune, j'aurais pu vivre longtemps encore. Mais… »

De même que la lueur d'une bougie s'efface dans le rayonnement du soleil levant, la jeunesse et la vie lui paraissent ternes et sombres devant l'auréole magnifique et lumineuse qui va couronner sa modeste personne.

« Est-ce possible ? se demande Moussia, toute confuse. Est-il possible que je mérite qu'on me pleure ? »

Et une joie indicible l'envahit. Il n'y a plus de doute ; élue, elle est élue entre toutes ! Elle a le droit de figurer parmi les héros qui, de tous pays, s'en vont vers le ciel au travers des flammes, des exécutions. Quelle paix sereine, quel bonheur infini ! Immatérielle, elle croit planer dans une lumière divine.

À quoi Moussia pense-t-elle encore ? À bien des choses, car pour elle, le fil de la vie n'est pas coupé par la mort, mais continue à se dérouler d'une manière calme et régulière. Elle pense à ses camarades, à ceux qui, de loin, sont angoissés par l'idée de son supplice prochain ; à ceux qui, plus proches, iront avec elle à la potence. Elle est étonnée que Vassili soit en proie à une telle peur, lui qui a toujours été brave. Le mardi matin, alors qu'ils s'étaient préparés à tuer et à mourir eux-mêmes, Tania Kovaltchouk avait tremblé d'émotion ; il avait fallu l'éloigner, tandis que Vassili plaisantait, riait, se mouvait au milieu des bombes avec si peu de précaution que Werner lui avait dit d'un ton sévère :

– Il ne faut pas jouer avec la mort !

Pourquoi donc Vassili a-t-il peur maintenant ? Cette terreur incompréhensible est si étrangère à l'âme de Moussia, qu'elle cesse bientôt d'y penser et d'en chercher la cause. Soudain, une envie folle la prend de voir Serge Golovine et de rire avec lui.

Peut-être aussi sa pensée ne veut-elle pas s'arrêter longtemps sur le même sujet, comme un oiseau léger qui plane devant les horizons infinis, et pour lequel l'espace tout entier, l'azur caressant et tendre, est accessible. Les heures sonnent. Les pensées se fondent dans une symphonie harmonieuse et lointaine : les images fuyantes deviennent une musique. Il semble à Moussia qu'elle voyage, pendant une nuit tranquille, sur une route large et douce ; les ressorts de la voiture tressautent faiblement. Tous les soucis ont disparu ; le corps fatigué se dissout dans les ténèbres ; joyeuse et lasse, la pensée crée paisiblement de vives images et s'enivre de leur beauté. Moussia se rappela trois camarades qui avaient été pendus récemment ; leurs visages étaient illuminés et proches, plus proches que ceux des vivants… Ainsi, le matin, on pense gaiement aux amis hospitaliers qui vous recevront le soir, le sourire aux lèvres…

À force de marcher, Moussia se sentit très fatiguée. Elle se coucha avec précaution sur le lit de camp et continua à rêver, les paupières à demicloses :

« Est-ce bien la mort ? Mon Dieu, qu'elle est belle ! Ou est-ce la vie ? Je ne sais pas, je ne sais pas ! Je vais voir et entendre… »

Depuis les premiers jours de sen emprisonnement, elle était en proie à des hallucinations. Elle avait l'oreille très musicale ; affiné encore par le silence, son sens auditif rassemblait les échos les plus ténus de la vie : le pas des sentinelles dans le corridor, le tintement de l'horloge, le chuchotement du vent sur le toit de zinc, le grincement d'une lanterne, tout cela se fondait pour elle en une vaste et mystérieuse symphonie. Au commencement, ces hallucinations effrayaient Moussia qui les chassait comme des manifestations morbides ; puis elle comprit qu'elle était bien portante, qu'il n'y avait là aucun symptôme pathologique ; alors elle ne résista plus.

Mais voici qu'elle entend très nettement le fracas d'une musique militaire. Étonnée, elle ouvre les yeux, lève la tête. Par la fenêtre, elle voit la nuit ; l'horloge sonne. « Encore ! » pense-t-elle sans se troubler, en fermant les paupières. Aussitôt, la musique recommence. Moussia distingue nettement le pas des soldats, tournant l'angle de la prison ; c'est un régiment tout entier qui passe sous les fenêtres. Les bottes scandent le rythme de la musique sur la terre gelée : une ! deux ! une ! deux ! Parfois, le cuir d'une botte craque ; un pied glisse et se raffermit aussitôt. La musique se rapproche, elle joue une marche triomphale, bruyante et entraînante, que Moussia ne connaît pas. Il y a probablement une fête dans la forteresse.

Les soldats sont sous les fenêtres et la cellule se remplit de sons joyeux, cadencés et harmonieux. Une grande trompette de cuivre lance des notes fausses : elle n'est pas en mesure. Moussia se représente le petit soldat qui joue de cette trompette avec un air appliqué, et Moussia rit.

Le régiment a passé ; le bruit des pas va en mourant : une, deux ! une, deux ! De loin, la musique est encore plus belle et plus gaie. Plusieurs fois encore, la trompette retentit à contre-temps, de sa voix métallique, sonore et gaie, et tout s'éteint. De nouveau, les heures sonnent au clocher.

De nouvelles formes viennent, qui se penchent sur elle, l'entourent d'un nuage transparent, et l'élèvent très haut, là où planent les oiseaux de proie. À gauche, à droite, en haut, en bas, partout des oiseaux crient comme des hérauts : ils appellent, ils avertissent. Ils déploient leurs ailes, et l'immensité les soutient. Et sur leur poitrine gonflée qui fend l'air, se reflète l'azur étincelant. Les battements du cœur de Moussia deviennent de plus en plus égaux, sa respiration de plus en plus calme et paisible. Elle s'endort ; son visage est pâle ; ses traits tirés ; ses yeux cernés. Sur ses lèvres un sourire. Demain, quand le soleil se lèvera, ce visage intelligent et fin sera déformé par une grimace qui n'aura plus rien d'humain ; le cerveau sera inondé d'un sang épais ; les yeux vitrifiés sortiront des orbites. Mais aujourd'hui, Moussia dort tranquille et sourit dans son immortalité.

Moussia dort.

Et la prison continue à vivre sa vie spéciale, aveugle, vigilante comme une inquiétude perpétuelle. On marche. On chuchote. Un fusil résonne. Il semble que quelqu'un crie. Est-ce vérité ou hallucination ?

Le guichet de la porte s'abaisse sans qu'on l'entende. Dans l'ouverture noire apparaît une sinistre figure barbue. Longtemps, des yeux écarquillés contemplent avec étonnement Moussia endormie ; puis la figure disparaît comme elle est venue.

Le carillon sonne et chante, longuement. On dirait que les heures fatiguées gravissent vers minuit une haute montagne ; l'ascension est de plus en plus pénible. Elles glissent, retombent en arrière en gémissant et se remettent à monter péniblement vers le noir sommet.

On marche. On chuchote. Déjà, on attelle les chevaux à la sombre voiture dépourvue de lanterne.

VIII

LA MORT EXISTE ET LA VIE AUSSI

Serge Golovine ne pensait jamais à la mort, chose à ses yeux accessoire et étrangère. Il était robuste, doué de cette sérénité dans la joie de vivre qui fait que toutes les pensées mauvaises ou funestes à la vie disparaissent rapidement, et laissent l'organisme indemne. De même que, chez lui, les égratignures se cicatrisaient Vite, de même tout ce qui blessait son âme était immédiatement anéanti. Il apportait dans tous ses actes, dans ses plaisirs et dans la préparation d'un crime, la même gravité heureuse et tranquille : dans la vie, tout était gai, tout était important, digne d'être bien fait.

Et il faisait tout bien : il dirigeait admirablement les bateaux à voile, il tirait avec précision. Il était fidèle en amitié comme en amour et avait une confiance inébranlable en la « parole d'honneur ». Ses camarades assuraient en riant que si un espion avéré eût juré à Serge qu'il n'espionnait pas, Serge l'aurait cru et lui aurait serré la main. Un seul défaut : il croyait bien chanter, alors qu'il chantait atrocement faux, même les hymnes révolutionnaires. Il se fâchait quand on riait de lui.

– Ou bien c'est vous qui êtes tous des ânes, ou bien c'est moi ! disait-il d'une voix grave et offensée.

Et après un instant de réflexion, les camarades déclaraient, d'un ton tout aussi sérieux :

– C'est toi qui es un âne. On le devine à ta voix !

Et comme c'est parfois le cas pour les braves gens, on l'aimait peut-être plus pour ses travers que pour ses qualités.

Il pensait si peu à la mort, il la craignait si peu, que le matin fatal, avant de quitter le logis de Tania Kovaltchouk, lui seul avait déjeuné avec appétit, comme d'habitude. Il avait pris deux verres de thé mêlé de lait et mangé tout un pain de deux sous. Puis, regardant avec tristesse le pain intact de Werner :

– Pourquoi ne manges-tu pas ? lui dit-il. Mange, il faut prendre des forces !

– Je n'ai pas faim.

– Hé bien, c'est moi qui mangerai ton pain ! Veux-tu ?

– Quel appétit tu as, Serge !

En guise de réponse, Serge se mit à chanter, la bouche pleine, d'une voix sourde et fausse :

Un vent hostile a soufflé sur nos têtes.
Après l'arrestation, Serge eut un moment de tristesse ; le plan avait été mal combiné. Mais il se dit : « Maintenant, il y a quelque chose d'autre qu'il faut bien faire : c'est mourir. » Et sa gaieté revint. Dès le second jour qu'il passa à la forteresse, il se mit à la gymnastique, d'après le système extrêmement rationnel d'un Allemand nommé Muller, qui l'intéressait beaucoup. Il se déshabilla complètement ; et à l'ébahissement de la sentinelle inquiète, il fit soigneusement les dix-huit exercices prescrits.

Comme propagateur du système Muller, il était très satisfait de voir le soldat suivre ses mouvements. Bien qu'il sût qu'on ne lui répondrait pas, il dit à l'œil qui apparaissait au guichet :

– Voilà qui fait du bien, frère, ça vous donne des forces ! Voilà ce qu'on devrait vous faire faire au régiment, ajouta-t-il d'une voix persuasive et douce, pour ne pas effrayer le soldat, sans se douter que celui-ci le prenait pour un fou.

La peur de la mort se manifesta en lui progressivement, comme par chocs : il lui semblait que quelqu'un lui donnait d'en bas de violents coups de poing au cœur. Puis la sensation disparaissait pour revenir au bout de quelques heures, et chaque fois, elle devenait plus intense et plus prolongée. Elle commençait déjà à prendre les contours vagues d'une angoisse insupportable.

« Est-il possible que j'aie peur ! pensa Serge avec étonnement. Quelle bêtise ! »

Ce n'était pas lui qui avait peur, c'était son jeune corps robuste que ni la gymnastique de Muller, ni les douches froides ne parvenaient à tromper. Plus il devenait fort et frais après les ablutions d'eau froide, plus la sensation de peur éphémère devenait aiguë et insupportable. Et c'était le matin, après le sommeil profond et les exercices physiques, que cette peur atroce, comme étrangère, apparaissait, juste au moment où, naguère, il avait tout particulièrement conscience de sa force et de sa joie de Vivre. Il s'en aperçut et se dit :

« Tu es bête, mon ami. Pour que le corps meure plus facilement, il faut l'affaiblir et non pas le fortifier. »

Il renonça dès lors à la gymnastique et aux massages. Et pour expliquer cette volte-face, il cria au soldat :

– Frère, la méthode est bonne. C'est seulement pour ceux qu'on va pendre qu'elle ne vaut rien.

En effet, il se sentit comme soulagé. Il essaya aussi de manger moins pour s'affaiblir davantage, mais malgré le manque d'air et d'exercice, son appétit demeurait excellent. Serge ne pouvait lui résister et mangeait tout ce qu'on lui apportait. Alors, il eut recours à un subterfuge ; avant de se mettre à table, il versa la moitié de sa soupe dans le seau. Et cette méthode lui réussit : une grande lassitude, un engourdissement vague s'emparèrent de lui.

– Je t'apprendrai ! disait-il en menaçant son corps ; et il caressait tristement ses muscles amollis.

Mais bientôt le corps s'habitua à ce régime et la peur de la mort apparut de nouveau, non plus sous une forme aussi aiguë, mais comme une vague sensation de nausée, encore plus pénible. « C'est parce que ça dure longtemps, pensa Serge. Si seulement je pouvais dormir tout le temps, jusqu'à l'exécution ! » Il essaya de dormir le plus possible. Il y réussit tout d'abord ; puis, l'insomnie survint, accompagnée de pensées obsédantes et avec celles-ci, le regret de la Vie.

« Ai-je donc peur d'elle ? se demandait-il en pensant à la mort. C'est la vie que je regrette. C'est une chose admirable, quoi qu'en disent les pessimistes. Que dirait un pessimiste si on le pendait ? Ah ! je regrette la vie, je la regrette beaucoup ! »

Quand il comprit clairement, qu'il n'avait plus devant lui que quelques heures d'attente dans le vide, puis la mort, il eut une impression bizarre. Il lui sembla qu'on l'avait mis à nu d'une manière extraordinaire. Non seulement on lui avait enlevé ses habits, mais aussi le soleil, l'air, le bruit et la lumière, la parole et la faculté d'agir. La mort n'était pas encore là et la vie semblait déjà absente ; il éprouvait une sensation étrange, incompréhensible parfois et parfois intelligible, mais très subtile et mystérieuse.

« Fi ! s'étonnait Serge, torturé. Qu'est-ce donc ? Et moi, où suis-je donc ? Moi... quel moi ? »

Il s'examina attentivement, avec intérêt, en commençant par ses larges pantoufles de prisonnier pour s'arrêter au ventre sur lequel pendait l'ample capote. Il se mit à aller et venir dans la cellule, les bras écartés, et continua à se regarder, comme le ferait une femme essayant une robe trop longue. Il voulut tourner la tête : elle tourna. Et ce qui lui paraissait un peu effrayant, c'était lui, Serge Golovine, qui bientôt ne serait plus !

Tout devint étrange.

Il essaya de marcher et il lui sembla bizarre de marcher. Il essaya de s'asseoir et il fut surpris de pouvoir le faire. Il essaya de boire de l'eau, il lui sembla bizarre de boire, d'avaler, de tenir le gobelet, de voir ses doigts, ses doigts qui tremblaient. Il se mit à tousser et pensa : « Comme c'est curieux ! je tousse. »

« Qu'ai-je donc, je deviens fou ? se demanda-t-il. Il ne manque plus que cela ! »

Il s'essuya le front et ce geste lui parut également surprenant. Alors, il se figea en une pose immobile, sans respirer, pendant des heures entières lui semblait-il, éteignant toute pensée, retenant son souffle, évitant tout mouvement ; car toute pensée était une folie, tout geste une aberration. Le temps disparut comme s'il se fût transformé en espace, en un espace transparent et sans air, en une immense place sur laquelle se trouvait tout, et la terre, et la vie et les hommes. Et on pouvait embrasser tout d'un seul coup d'œil, jusqu'à l'extrémité, jusqu'au gouffre inconnu, jusqu'à la mort. Ce n'était pas parce qu'il voyait la mort que Serge souffrait, mais parce qu'il voyait la vie et la mort en même temps. Une main sacrilège avait relevé le rideau qui, de toute éternité, cachait le mystère de la vie et le mystère de la mort ; ils avaient cessé d'être des mystères, mais ils n'étaient pas plus compréhensibles que la vérité écrite dans une langue étrangère.

— Et nous voilà revenus à Muller ! prononça-t-il soudain à haute voix, avec une profonde conviction.

Il hocha la tête, et se mit à rire gaiement, sincèrement.

– Ah ! mon bon Muller ! Mon cher Muller ! Mon brave Allemand ! C'est toi qui as raison, Muller, moi, frère Muller, je ne suis qu'un âne !

Il tourna vivement autour de sa cellule ; et au grand étonnement du soldat qui l'observait par le guichet, il se déshabilla complètement et fit, avec une exactitude scrupuleuse, les dix-huit exercices. Il pliait et redressait son jeune corps un peu amaigri, il s'accroupissait, aspirant l'air et le refoulant, se dressait sur la pointe des pieds, mouvait les bras et les jambes.

– Oui, mais tu sais, Muller, raisonnait Serge, en bombant sa poitrine, – là où les côtes se dessinaient nettement sous la peau mince et tendue, – tu sais, Muller, il y a encore un dix-neuvième exercice, la pendaison par le cou en une position fixe. Et cela s'appelle le supplice. Comprends-tu, Muller ? On prend un homme vivant, Serge Golovine par exemple, on l'emmaillote comme une poupée et on le pend par le cou, jusqu'à ce que mort s'ensuive. C'est bête, Muller, mais c'est comme ça, il faut s'y résigner !

Il se pencha sur le flanc droit et répéta :

– Il faut s'y résigner, Muller !

IX

L'HORRIBLE SOLITUDE

Sous le même toit et au même chant mélodieux des heures indifférentes, séparé de Serge et de Moussia par quelques cellules vides, mais aussi isolé que si lui seul eût existé dans l'univers entier, le malheureux Vassili Kachirine terminait sa vie dans l'angoisse et la terreur.

Couvert de sueur, la chemise collée au corps, ses cheveux autrefois bouclés retombant en mèches, il allait et venait dans sa cellule avec la démarche saccadée et lamentable de quelqu'un qui souffrirait atrocement des dents. Il s'asseyait un instant et se remettait à courir ; puis il appuyait son front contre le mur, s'arrêtait et cherchait des yeux comme un remède. Il avait tant changé qu'on pouvait supposer qu'il possédait deux visages différents, dont l'un, le jeune, s'en était allé on ne sait où, pour faire place au second, terrible celui-là, et comme sorti des ténèbres.

La peur s'était manifestée tout d'un coup en lui et s'était emparée de sa personne en maîtresse exclusive et souveraine. Le matin fatal, alors qu'il marchait à la mort certaine, il avait joué avec elle ; mais le soir, enfermé dans sa cellule, il avait été emporté et fouetté par une vague de terreur folle. Tant qu'il était allé librement au-devant du danger et de la mort, tant qu'il avait tenu son sort dans ses mains, quelque terrible qu'il dût être, il s'était montré tranquille, joyeux même, sa toute petite peur honteuse et caduque évanouie sans laisser de traces, dans un sentiment de liberté infinie, dans l'affirmation audacieuse et ferme de sa volonté intrépide. Le corps ceinturé d'une machine infernale, il s'était transformé lui-même en instrument de mort, il avait emprunté la raison cruelle de la dynamite et sa puissance fulgurante et homicide. Dans la rue, parmi les gens agités, préoccupés de leurs affaires, qui se garaient vivement des tramways et des fiacres, il lui semblait venir d'un autre monde inconnu, où l'on ignorait la mort et la peur.

Soudain, un changement brutal, affolant, s'était accompli. Vassili n'allait plus où il voulait, mais on le menait où on voulait. Ce n'était plus lui qui choisissait sa place ; on le plaçait dans une cage de pierre et on l'enfermait à clef, comme une chose. Il ne pouvait plus choisir à son gré la vie ou la mort ; on le menait certainement, infailliblement, à la mort. Lui qui avait été pendant un instant l'incarnation de la volonté, de la vie et de la force, il était devenu un lamentable échantillon d'impuissance ; il n'était plus qu'un animal promis à l'abattoir. Quelles que fussent les paroles qu'il prononçât, on ne l'écouterait plus ; s'il se mettait à crier, on lui fermerait la bouche avec un chiffon ; et s'il voulait marcher, on l'emmènerait et on le pendrait. S'il résistait, s'il se débattait, s'il se couchait à terre, on serait plus fort que lui, on le relèverait, on le ligoterait et on le porterait ainsi à la potence. Et son imagination donnait aux hommes, pareils à lui, chargés de cette exécution, l'aspect nouveau, extraordinaire et terrifiant d'automates sans pensée, que rien au monde ne pouvait arrêter, et qui prenaient, maîtrisaient, pendaient, tiraient un homme par les pieds, coupaient la corde, mettaient le corps dans un cercueil, l'emportaient et l'enterraient.

Dès le premier jour de l'emprisonnement, les gens et la vie s'étaient transformés pour lui en un monde indiciblement affreux, peuplé de poupées mécaniques. Presque fou de peur, il essayait de se représenter que les gens avaient une langue et parlaient, mais il n'y arrivait pas. Les bouches s'ouvraient, quelque chose résonnait, puis ils se séparaient, en remuant les jambes, et c'était fini.

Aux yeux de Vassili Kachirine, condamné à mort par pendaison, tout prit un aspect puéril : la cellule, la porte avec son guichet, la sonnerie de l'horloge qu'on remontait, la forteresse aux plafonds soigneusement modelés, et surtout la poupée mécanique munie d'un fusil, qui allait et venait dans le corridor, ainsi que toutes les poupées qui l'effrayaient en regardant par le guichet et en lui tendant sa nourriture sans mot dire.

Un homme avait disparu du monde.

Devant le tribunal, le voisinage des camarades avait fait revenir Kachirine à lui. De nouveau, pendant un instant, il vit les gens ; ils étaient là, le jugeaient, parlaient le langage des hommes, écoutaient et semblaient comprendre. Mais quand il aperçut sa mère, il sentit nettement, avec la terreur d'un homme qui devient fou et qui le comprend, que cette vieille femme en fichu noir était une simple poupée mécanique. Il s'étonna de ne pas s'en être douté auparavant et d'avoir attendu cette visite comme quelque chose d'infiniment douloureux dans sa douceur déchirante. Tout en s'efforçant de parler, il pensait avec un frémissement :

« Mon Dieu ! Mais c'est une poupée ! Une poupée-mère ! Et voilà une poupée-soldat ; à la maison, il y a une poupée-père, et ceci, c'est la poupée Vassili Kachirine. »

Lorsque sa mère se mit à pleurer, Vassili retrouva en elle quelque chose d'humain, qui disparut aux premières paroles prononcées. Il regarda avec curiosité et frayeur les larmes couler des yeux de la poupée.

Quand la peur devint insupportable, Vassili Kachirine essaya de prier. Il ne lui restait qu'une rancœur amère, détestable et énervante de tous les principes religieux dont son adolescence avait été nourrie, dans la maison de son père, notable commerçant. Il n'avait pas la foi. Mais un jour, dans son enfance, il avait entendu quelques paroles qui l'avaient frappé par leur émotion vibrante et qui restèrent entourées à jamais d'une douce poésie. Ces paroles étaient :

« Joie de tous les affligés ! »

Parfois, aux minutes pénibles, il chuchotait, sans prier, sans même bien s'en rendre compte : « Joie de tous les affligés ! » Et alors il se sentait soudain soulagé ; il avait envie de s'approcher de quelqu'un qui lui était cher et de se plaindre doucement :

– Notre vie !... Mais est-ce donc une vie ? Eh ! ma chère, est-ce donc une vie ?

Et ensuite, subitement, il se sentait ridicule ; il aurait voulu offrir sa poitrine aux coups, proposer à quelqu'un de le battre.

Il n'avait parlé à personne, pas même à ses meilleurs camarades, de sa « joie de tous les affligés » ; il semblait ne rien savoir d'elle lui-même, tant elle était profondément cachée dans son âme. Et il l'évoquait rarement, avec précaution.

Maintenant que la peur du mystère insondable qui se dressait devant lui le recouvrait complètement, comme l'eau recouvre les plantes du rivage pendant la crue, il voulait prier. Il eut envie de se mettre à genoux, mais la honte le prit devant la sentinelle ; et, les mains jointes sur sa poitrine, il murmura à voix basse :

– Joie de tous les affligés !

Et il répéta avec anxiété, d'un ton suppliant :

– Joie de tous les affligés, descends en moi, soutiens-moi !...

Quelque chose s'agita doucement. Il lui sembla qu'une forme douloureuse et douce planait dans le lointain et s'éteignait, sans illuminer les ombres de l'agonie. Au clocher, l'heure sonna. Le soldat se mit à bâiller longuement, à plusieurs reprises.

– Joie de tous les affligés ! Tu te tais ! Et tu ne veux rien dire à Vasska Kachirine !

Il eut un sourire suppliant et attendit. Mais, dans son âme, il y avait le même vide qu'autour de lui. Des pensées inutiles et torturantes lui vinrent ; il revit les bougies de cire allumées, le prêtre en soutane, l'image sainte peinte sur le mur, son père qui se courbait et se redressait, priait et s'inclinait, en jetant à Vasska des coups d'œil furtifs, pour voir si celui-ci priait aussi ou s'amusait. Et Kachirine fut encore plus angoissé qu'auparavant.

Tout disparut.

La conscience s'éteignait comme un foyer mourant qu'on disperse, elle se glaçait, pareille au cadavre d'un homme qui vient de décéder et dont le cœur est encore chaud, alors que les mains et les pieds sont déjà froids.

Vassili eut un moment de terreur sauvage lorsqu'on vint le chercher dans sa cellule. Il ne soupçonna même pas que le moment du supplice était venu ; il vit simplement les gens et s'en effraya, presque comme un enfant.

– Je ne le ferai plus ! Je ne le ferai plus ! chuchotait-il sans être entendu.

Et ses lèvres se glacèrent, tandis qu'il reculait lentement vers le fond de la cellule, comme, dans son enfance, quand il essayait de se soustraire aux punitions de son père.

– Il faut aller…

On parla, on marcha autour de lui, on lui donna il ne sut quoi. Il ferma les yeux, chancela et commença à se préparer péniblement.

La conscience lui revenait sans doute ; il demanda soudain une cigarette à un fonctionnaire. Avec amabilité, celui-ci lui tendit son étui.

X

LES MURAILLES S'ÉCROULENT

L'inconnu surnommé Werner était un homme fatigué de la lutte. Il avait passionnément aimé la vie, le théâtre, la société, l'art, la littérature. Doué d'une admirable mémoire, il parlait parfaitement plusieurs langues. Il aimait à s'habiller, avait d'excellentes manières. De tout le groupe des terroristes, il était le seul qui sût paraître dans le monde sans courir le risque d'être reconnu.

Depuis longtemps déjà, et sans que ses camarades s'en fussent aperçu, il avait un profond mépris pour les hommes. Plutôt mathématicien que poète, il ignorait jusqu'alors alors ce que sont l'extase et l'inspiration ; par moments, il se considérait comme un fou qui cherche la quadrature du cercle dans des mares de sang humain. L'ennemi contre lequel il luttait tous les jours ne pouvait lui inspirer de respect ; ce n'était qu'un réseau compact de bêtises, de trahisons, de mensonges, de viles tromperies. La dernière chose qui avait détruit en lui et pour toujours, lui semblait-il, le désir de vivre, c'était l'exécution, sur l'ordre de son parti, d'un agent provocateur. Il l'avait tué tranquillement, mais à la vue de ce visage humain, inanimé, calme, mais faux encore, pitoyable malgré tout, il cessa brusquement de s'estimer, lui et son œuvre. Il se considéra comme l'être le plus indifférent, le moins intéressant qui fût. En homme de volonté qu'il était, il ne quitta pas son parti ; apparemment, il resta le même ; mais il y eut désormais dans ses yeux quelque chose de froid et de terrifiant. Il n'en dit rien à personne.

Il possédait encore une qualité très rare : il ignorait la peur. Il avait pitié de ses camarades qui éprouvaient ce sentiment, de Vassili Kachirine surtout. Mais c'était une pitié froide, une pitié de commande.

Werner comprenait que le supplice n'était pas simplement la mort, mais encore quelque chose de plus. En tout cas, il résolut de l'accueillir avec calme, de vivre jusqu'à la fin comme si rien ne s'était passé et ne se passerait. C'était de cette manière seulement qu'il pouvait exprimer le plus profond mépris pour le supplice et conserver sa liberté d'esprit. Au tribunal, – ses camarades, qui connaissaient cependant bien son intrépidité altière et froide, ne l'auraient peut-être pas cru eux-mêmes, – il ne pensa ni à la vie, ni à la mort : il jouait mentalement une difficile partie d'échecs, avec l'attention la plus profonde et la plus tranquille. Excellent joueur, il avait commencé cette partie le jour même de son emprisonnement et la continuait sans relâche. Et le verdict qui le condamnait ne déplaça aucune pièce sur l'échiquier invisible.

L'idée qu'il ne terminerait probablement pas la partie n'arrêtait pas Werner. Le matin du dernier jour, il commença par corriger un coup qui ne lui avait pas réussi la veille. Les mains serrées entre les genoux, il resta longtemps assis, dans l'immobilité ; puis il se leva et se mit à marcher en réfléchissant. Il avait une démarche particulière ; il penchait un peu en avant le haut du corps et frappait des talons avec force ; même quand la terre était sèche, ses pas laissaient une trace nette. Il sifflotait doucement une mélodie italienne peu compliquée, ce qui l'aidait à réfléchir.

Mais voilà qu'il haussait les épaules et se tâtait le pouls : le cœur battait à coups rapprochés, tranquilles et égaux, avec une force sonore. Comme un novice jeté en prison pour la première fois, il examina attentivement la cellule, les verrous, la chaise vissée au mur et se dit :

« Pourquoi ai-je une telle sensation de joie, de liberté ? Oui, de liberté : je pense à l'exécution de demain et il me semble qu'elle n'existe pas. Je regarde les murs, et il me semble qu'ils n'existent pas non plus. Et je me sens libre comme si, au lieu d'être en prison, je venais de sortir d'une autre cellule où j'aurais été enfermé pendant toute la vie. »

Les mains de Werner se mirent à trembler, phénomène inconnu pour lui.

La pensée devenait de plus en plus vibrante. Il lui semblait que, dans sa tête, des langues de feu s'agitaient et voulaient s'échapper de son cerveau afin d'éclairer le lointain encore obscur. Enfin, les flammes parvinrent à jaillir, et l'horizon s'illumina d'une vive clarté.

La vague lassitude qui avait tourmenté Werner pendant les deux dernières années avait disparu à la vue de la mort ; sa belle jeunesse revenait en jouant. C'était plus, même, que la belle jeunesse. Avec l'étonnante clarté d'esprit qui élève parfois l'homme sur les sommets suprêmes de la méditation, Werner vit soudain et la vie et la mort ; et la majesté de ce spectacle nouveau le frappa. Il lui sembla suivre un sentier étroit comme le tranchant d'une lame sur la crête de la plus haute montagne. D'un côté, il voyait la vie, et de l'autre, il voyait la mort ; elles étaient comme deux mers profondes, étincelantes et belles, confondues à l'horizon en une seule étendue infinie.

– Qu'est-ce donc ?... Quel spectacle divin ! dit-il lentement.

Il se leva involontairement et se redressa, comme s'il eût été en présence de l'Être suprême. Et, anéantissant les murailles, l'espace et le temps, par la force de son regard qui pénétrait tout, il plongea les yeux au plus profond de la vie qu'il avait quittée.

Et la vie prit un aspect nouveau. Il n'essaya plus de traduire en paroles ce qu'il voyait, comme autrefois ; d'ailleurs, il ne trouvait pas de mots adéquats dans tout le langage humain, encore si pauvre, si avare. Les choses mesquines, malpropres et mauvaises, qui lui suggéraient du mépris et même parfois du dégoût à la vue des hommes, avaient complètement disparu. C'est ainsi que, pour ceux qui s'élèvent en ballon, la boue et la saleté des rues étroites sont invisibles et la laideur se mue en beauté.

D'un mouvement inconscient, Werner marcha vers la table et s'y accouda du bras droit. Hautain et autoritaire par nature, on ne lui avait jamais vu une attitude plus fière, plus libre et plus impérieuse, ni un pareil regard, ni un tel redressement de tête, car jamais encore il n'avait été aussi libre et aussi puissant que maintenant, dans cette prison, au seuil du supplice et de la mort.

Devant ses yeux illuminés, les hommes prirent un aspect nouveau, une beauté et un charme inconnus. Il planait au-dessus du temps, et jamais ne lui était apparue si jeune cette humanité qui, la veille encore, hurlait comme une harde de fauves dans les forêts. Ce qui lui avait semblé jusqu'ici terrible, impardonnable et vil, devenait tout à coup touchant et naïf ; c'est ainsi qu'on chérit chez l'enfant la gaucherie de la démarche, le bégayement décousu où étincelle le génie inconscient, les erreurs et les bévues risibles, les cruelles meurtrissures.

– Mes chers amis !

Werner se mit à sourire, et son attitude perdit sa force altière et imposante. Il redevint le prisonnier qui souffre dans sa cellule étroite, qui s'ennuie de voir constamment un œil curieux le fixer au travers de la porte. Il s'assit, sans que son corps prît la pose raide qui lui était coutumière, et il considéra les murs et les grillages avec un sourire faible et doux qu'il n'avait jamais eu. Et quelque chose se passa qui ne lui était encore jamais arrivé : il pleura.

– Mes chers camarades ! chuchota-t-il en versant des larmes amères. Mes chers camarades !

Quelle voie mystérieuse avait-il suivie, pour passer du sentiment de liberté illimitée et hautaine, à cette pitié passionnée et attendrie ? Il ne le savait pas. Avait-il vraiment pitié de ses camarades, ou bien ses pleurs cachaient-ils quelque chose de plus passionné, de plus grand encore ? Son cœur qui avait soudain ressuscité et refleuri l'ignorait. Werner pleurait et chuchotait :

– Mes chers camarades ! Mes chers camarades !

Et dans cet homme qui pleurait et souriait à travers ses larmes, personne – ni les juges, ni les camarades, ni lui-même – n'aurait reconnu le Werner froid et hautain, sceptique et insolent.

XI

ON LE MÈNE AU SUPPLICE

Avant de monter dans les voitures, les condamnés furent réunis tous les cinq dans une grande pièce froide au plafond voûté, pareille à un bureau abandonné, ou à une salle de réception inutilisée. On leur permit de se parler.

Seule, Tania Kovaltchouk profita immédiatement de l'autorisation. Les autres serraient en silence des mains froides comme la glace ou chaudes comme le feu ; muets, s'efforçant de ne pas se regarder, ils se rassemblèrent en un groupe confus et distrait. Réunis, ils semblaient avoir honte de ce qu'ils avaient éprouvé dans la solitude. Ils avaient peur de se regarder, peur de se révéler l'un à l'autre, la chose nouvelle, un peu gênante, qu'ils sentaient ou soupçonnaient entre eux.

Ils se regardèrent cependant, sourirent une ou deux fois, et tous se trouvèrent à l'aise, comme auparavant : aucun changement ne se devinait, ou, s'il s'était passé quelque chose, tous en avaient pris une part égale, si bien qu'ils ne remarquaient rien de spécial en chacun d'eux. Tous parlaient et se mouvaient d'une manière bizarre, saccadée, impulsive, trop lentement ou trop rapide. Parfois, l'un d'eux répétait vivement les mêmes mots, ou bien n'achevait pas une phrase commencée, croyant l'avoir dite. Et ils ne remarquaient rien de tout cela. Tous clignaient des yeux et examinaient, sans les reconnaître, les objets familiers, ainsi que des myopes qui auraient soudain enlevé leurs lorgnons. Ils se retournaient souvent et avec vivacité, comme si, derrière eux, quelqu'un les appelait. Mais ils ne s'en apercevaient pas. Les joues et les oreilles de Moussia et de Tania étaient brûlantes. Serge, un peu pâle, se remit bientôt et se montra tel que d'habitude.

C'était à Vassili seulement qu'on faisait attention. Même parmi eux, il avait quelque chose de terrible. Werner s'émut et dit à voix basse à Moussia, avec une anxiété profonde :

– Qu'y a-t-il, Moussia ? Est-il possible qu'il ait… ? Hein ? Il faut lui parler.

Vassili regardait Werner de loin, comme s'il ne l'avait pas reconnu ; puis il baissa les yeux.

– Vassili, qu'est-ce ? Qu'as-tu ?… Ce n'est rien, frère, ce sera bientôt fini ! Il faut se maîtriser ! Il le faut !

Vassili garda le silence. Et lorsqu'on pouvait déjà croire qu'il ne dirait absolument rien, une réponse vint, sourde, tardive, terriblement lointaine, – c'est ainsi que le tombeau doit répondre quand on l'appelle longtemps :

– Mais je n'ai rien. Je me maîtrise !

Il répéta :

– Je me maîtrise !

Werner en fut réjoui.

– Bon, bon ! Tu es un brave garçon !

Mais lorsque son regard croisa le regard sombre, appesanti, de Vassili, il ressentit une angoisse éphémère en se demandant : « Mais d'où regarde-t-il ? D'où parle-t-il ? » Sur un ton de profonde tendresse, il lui dit :

– Vassili, tu entends ? Je t'aime beaucoup !

– Et moi aussi, je t'aime beaucoup ! répliqua une langue qui se mouvait péniblement.

Soudain, Moussia prit NVerner par le bras et, exprimant son étonnement avec force, comme une actrice en scène, elle demanda :

— Werner, qu'as-tu ? Tu as dit : « Je t'aime » ! Tu n'as jamais dit cela à personne... Et pourquoi as-tu un visage si radieux et une voix si tendre ?...

Et, pareil aussi à un acteur qui appuie sur les mots, Werner répondit, en serrant avec force la main de la jeune fille :

— Oui, j'aime, maintenant ! Ne le dis pas aux autres, j'en suis honteux, mais j'aime passionnément mes frères !

Leurs regards se rencontrèrent et s'enflammèrent : autour d'eux, tout s'éteignit ; ainsi toutes les clartés pâlissent dans l'éclat fugitif de l'éclair.

— Oui ! dit Moussia, oui, Werner !

— Oui ! répondit-il, oui, Moussia, oui !

Ils avaient compris quelque chose et le ratifiaient à jamais. Les yeux étincelants, Werner s'agita de nouveau et se dirigea à pas rapides vers Serge.

— Serge !

Mais ce fut Tania Kovaltchouk qui répondit. Pleine de joie, pleurant presque de fierté maternelle, elle tiraillait violemment Serge par la manche.

— Écoute donc, Werner ! Je pleure à cause de lui, je me tourmente, et lui, fait de la gymnastique !

– Système Muller ? demanda Werner en souriant.

Serge fronça les sourcils, un peu confus :

– Tu as tort de rire, Werner ! Je suis convaincu que…

Tout le monde se mit à rire. Puisant de la force et de la fermeté dans la communion mutuelle, ils redevenaient peu à peu ce qu'ils étaient auparavant ; ils ne s'en apercevaient pas et pensaient qu'ils étaient toujours les mêmes. Soudain, le rire de Werner se brisa ; avec une gravité parfaite, il dit à Serge :

– Tu as raison, Serge ! Tu as parfaitement raison !

– Comprends donc ceci ! reprit Serge, satisfait. Bien entendu, nous…

À ce moment, on les pria de monter dans les véhicules. On eut même l'amabilité de leur permettre de se placer à leur guise, deux par deux. En général, on était très aimable avec eux, trop même ; était-ce pour essayer de leur témoigner un peu d'humanité ou pour leur montrer qu'on n'était pour rien dans ce qui se passait, que tout se faisait de soi-même ? Nul ne pourrait le dire.

– Va avec lui, Moussia ! dit Werner, en désignant à la jeune fille Vassili qui restait immobile.

– Je comprends ! répondit-elle, en hochant la tête. Et toi ?

– Moi ? Tania ira avec Serge, toi avec Vassili… Moi, je serai seul ! Qu'importe ! Je puis supporter cela, tu le sais !

Lorsqu'on arriva dans la cour, l'obscurité humide et tiède frappa doucement les visages et les yeux, coupa les respirations, s'insinua dans les corps frémissants qu'elle purifia. Il était difficile de croire que ce stimulant était tout simplement le vent, un vent printanier, doux et moite.

L'étonnante nuit de printemps sentait la neige fondue et faisait résonner les pierres. Vives et affairées, des gouttelettes d'eau tombaient en se poursuivant, et leur chute composait avec ensemble une chanson magique. Mais si l'une d'elles tombait plus lente ou plus rapide, tout s'embrouillait en un clapotis joyeux, en une confusion animée. Puis une grosse goutte sévère frappait avec force et, de nouveau la chanson printanière, rythmée et enchanteresse murmurait. Au-dessus de la ville, plus haut que les murs de la forteresse, on distinguait le pâle halo des lumières électriques.

Serge Golovine poussa un profond soupir, puis il retint son souffle, comme s'il eût regretté de chasser de ses poumons un air si pur et si frais.

— Y a-t-il longtemps qu'il fait beau ? s'informa Werner… C'est le printemps !

— Depuis hier seulement ! répondit-on avec politesse et empressement. Il y a eu beaucoup de jours froids.

L'une après l'autre, les noires voitures arrivaient, prenaient deux personnes et s'en allaient, dans l'obscurité, vers le portail où vacillait une lanterne. Autour de chaque véhicule, se mouvaient les silhouettes grises des soldats ; les sabots de leurs chevaux résonnaient avec force ; souvent, les bêtes glissaient sur la neige mouillée.

Quand Werner se courba pour entrer dans le véhicule, un gendarme lui dit, d'une manière vague :

— Il y en a un autre qui va avec vous !

Werner s'étonna :

– Qui va où ? Ah ! oui ! Encore un ! Qui est-ce ?

Le soldat garda le silence. En effet, dans un angle obscur se pelotonnait quelque chose de petit, d'immobile, mais qui vivait ; un œil ouvert brilla sous un rayon oblique de la lanterne. En s'asseyant, Werner frôla un genou de son pied.

– Pardon, camarade !

On ne lui répondit pas. Ce fut seulement quand la voiture se mit en marche que l'homme lui demanda, en hésitant, en mauvais russe :

– Qui êtes-vous ?

– Je m'appelle Werner, condamné à la pendaison pour attentat contre XX… Et vous ?

– Je suis Ianson… Il ne faut pas me pendre…

Avant deux heures, ils seraient face à face avec le grand mystère jusque-là indéchiffré ; avant deux heures, ils sortiraient de la vie pour entrer dans la mort ; c'est là qu'ils allaient tous deux et ils firent connaissance. La vie et la mort marchaient simultanément sur deux plans, et jusqu'à la fin, jusque dans les détails les plus risibles et les plus stupides, la vie restait la vie.

– Qu'avez-vous fait, vous, Ianson ?

– J'ai frappé mon patron avec un couteau. J'ai volé de l'argent.

D'après le son de sa voix, il semblait que Ianson s'endormait. Werner trouva, dans l'ombre, sa main molle et la serra. Ianson la retira avec indolence.

– Tu as peur ? demanda Werner.

– Je ne veux pas être pendu.

Ils gardèrent le silence. Werner trouva de nouveau la main de l'Estonien et la serra fortement entre ses paumes sèches et brûlantes. Elle resta immobile, et Ianson n'essaya plus de la dégager.

On étouffait dans la voiture trop étroite, qui sentait le renfermé, le drap de soldat, le fumier et le cuir de bottes mouillées. Un jeune gendarme, assis en face de Werner, lui soufflait sans cesse au visage une haleine puant l'ail et le tabac. Mais l'air vif et frais arrivait par des fentes, et l'on sentait la présence du printemps, dans la petite boîte mouvante, avec plus de force encore que dehors. Le véhicule tournait tantôt à droite, tantôt à gauche ; parfois, il semblait retourner en arrière. Par moments, il paraissait aux prisonniers qu'ils viraient en rond depuis des heures. D'abord, la lumière bleuâtre de l'électricité se glissait entre les épais rideaux baissés ; puis soudain, après un tournant, l'obscurité se fit ; ce fut à cet indice que les voyageurs devinèrent qu'ils étaient arrivés dans les faubourgs et s'approchaient de la gare de S… Parfois, à un contour brusque, le genou plié et vivant de Werner frôlait amicalement le genou plié et vivant du gendarme, et il était difficile de croire au supplice prochain.

– Où allons-nous ? demanda soudain Ianson. La trépidation continue et prolongée de la sombre voiture lui donnait le vertige et un peu de nausée.

Werner répondit et serra plus fort la main de l'Estonien. Il aurait voulu dire des paroles particulièrement amicales et douces à ce petit homme endormi, qu'il aimait déjà plus que personne au monde.

– Cher ami ! Je crois que tu es mal assis ! Rapproche-toi de moi !

Ianson garda le silence ; au bout d'un moment, il lui répondit :

– Merci ! Je suis bien ! Et toi, on te pendra aussi ?

– Oui ! répliqua Werner, avec une gaîté inattendue, en riant presque. Et il eut un geste aisé et dégagé, comme s'ils avaient parlé d'une plaisanterie futile et bête que voulaient leur jouer des gens affectueux, mais terriblement farceurs.

– Tu as une femme ? demanda Ianson.

– Une femme ! Moi ! Non, je suis seul !

– Moi aussi, je suis seul.

Werner commençait à avoir le vertige : Par moments, il lui semblait qu'il se rendait à une fête. Chose bizarre ; presque tous ceux qui allaient au supplice avaient la même impression ; bien qu'en proie à la peur et à l'angoisse, ils se réjouissaient vaguement de la chose extraordinaire qui allait se passer. La réalité s'enivrait de folie, et la mort, s'accouplant à la vie, engendrait des fantômes.

– Nous voilà arrivés ! dit Werner, avec une curiosité joyeuse, lorsque la voiture s'arrêta ; il sauta aisément sur le sol. Il n'en fut pas de même pour Ianson, qui résistait, sans mot dire, très paresseusement, semblait-il, et qui refusait de descendre. Il se retenait tantôt à un angle, tantôt à la porte, à la haute roue, et cédait à la première intervention du gendarme. Il se collait aux choses plutôt qu'il ne s'y agrippait, et il n'était pas nécessaire de déployer beaucoup d'efforts pour l'en détacher. Enfin, on eut raison de lui.

Comme toujours pendant la nuit, la gare était sombre, déserte et inanimée. Les trains de voyageurs avaient déjà passé ; et pour le train qui attendait les prisonniers sur la voie, il n'y avait pas besoin de lumière ni d'agitation. L'ennui s'empara de Werner. Il n'avait pas peur, il n'était pas angoissé ; mais il s'ennuyait, d'un ennui immense, lourd, fatigant, qui lui donnait envie de s'en aller n'importe où, de se coucher et de fermer les yeux. Il s'étira et bâilla vivement, à plusieurs reprises.

– Si seulement on allait plus vite ! dit-il, exténué.

Ianson garda le silence et frémit.

Lorsque les condamnés passèrent sur le quai désert, entouré de soldats, pour se diriger vers les wagons mal éclairés, Werner se trouva placé à côté de Serge Golovine. Celui-ci désigna quelque chose de la main et se mit à parler ; son voisin ne comprit distinctement que le mot « lampe » ; le reste de la phrase se perdit dans un bâillement las et prolongé.

– Que dis-tu ? demanda Werner, en bâillant aussi.

– Le réverbère… La lampe du réverbère fume, dit Serge.

Werner se retourna. En effet, c'était vrai ; les verres étaient déjà tout noirs.

– Oui, elle fume !

Soudain, il pensa : « Que m'importe que la lampe fume, puisque ?… » Serge eut sans doute la même idée : il jeta un coup d'œil rapide sur Werner et détourna la tête. Mais tous deux cessèrent de bâiller.

Tous marchèrent sans encombre jusqu'au train ; Ianson seul dut y être conduit. D'abord, il raidit les jambes, colla ses semelles aux planches du quai, puis il plia les genoux. Tout le poids de son corps retomba sur les bras des gendarmes ; ses jambes traînaient sur le sol comme celles d'un homme ivre, et la pointe de ses bottes grinçait sur le bois. Avec mille peines, mais en silence, on le hissa dans le wagon.

Vassili Kachirine lui-même marchait sans appui ; il imitait inconsciemment les gestes de ses camarades. Parvenu au sommet des marches du wagon, il recula ; un gendarme le prit au coude pour le soutenir. Alors, Vassili se mit à trembler violemment et poussa un cri perçant, en repoussant le gendarme :

– Aïe !

– Vassili, qu'as-tu ? demanda Werner qui se précipita vers lui.

Vassili garda le silence, toujours secoué de frissons. Le gendarme, vexé, chagriné même, expliqua :

– Je voulais le soutenir, et lui, il…

– Viens, Vassili, je te soutiendrai, dit Werner.

Il voulut prendre le bras de son camarade. Mais celui-ci le repoussa et cria encore plus fort :

– Vassili, c'est moi, Werner !

– Je sais ! Ne me touche pas ! Je veux marcher seul !

Et, continuant à trembler, il entra dans le wagon et s'assit dans un coin. Werner se pencha vers Moussia et lui demanda à voix basse, en désignant Vassili du regard :

– Eh bien, comment va-t-il ?

– Mal ! répondit Moussia, en chuchotant. Il est déjà mort. Dis- moi, Werner, y a-t-il vraiment une mort ?

– Je ne sais pas, Moussia, mais je crois que non ! répondit Werner d'un ton grave et pensif.

– C'est ce que je pensais ! J'ai souffert à cause de lui, dans la voiture ; il me semblait que je voyageais à côté d'un mort.

– Je ne sais pas, Moussia. Peut-être la mort existe-t-elle encore pour quelques-uns. Plus tard, elle n'existera plus du tout. Pour moi, par exemple, la mort a existé, mais maintenant elle n'existe plus.

Les joues un peu pâlies de Moussia s'enflammèrent :

– Elle a existé pour toi, Werner ? Pour toi ?

– Oui, mais plus maintenant. Comme pour toi !

On entendit du bruit à la porte du wagon ; Michka le Tzigane entra en crachant, en respirant bruyamment, en faisant résonner avec force les talons de ses bottes. Il jeta un regard autour de lui et s'arrêta :

– Il n'y a plus de place, gendarme ! déclara-t-il au gendarme fatigué et irrité. Fais-moi voyager confortablement, sinon je n'irai pas avec toi ! Pends-moi plutôt ici, au réverbère ! Ah ! les gredins ! Quelle voiture ils m'ont donnée ! Ça, une voiture ! Les entrailles du diable, oui, mais pas une voiture !

Mais, soudain, il pencha la tête, tendit le cou et avança ainsi vers les autres condamnés. Dans le cadre de ses cheveux et de sa barbe embroussaillés, ses yeux noirs lançaient un regard sauvage, aigu et un peu fou.

– Ah ! mon Dieu ! cria-t-il, en traînant les mains. Voilà où nous en sommes ! Bonjour, monsieur !

Il s'assit en face de Werner en lui tendant les mains ; puis, en clignant de l'œil, il se pencha et passa rapidement la main sur le cou de son compagnon :

– Toi aussi ? Hein ?

– Oui ! sourit Werner.

– Tous ?

– Tous !

– Oh ! oh ! dit le Tzigane en découvrant les dents. Il examina les autres condamnés d'un coup d'œil rapide, qui, toutefois, s'arrêta plus longtemps sur Moussia et sur Ianson.

– À cause du ministre ?

– Oui. Et toi ?

– Moi, monsieur, c'est une autre affaire. Moi, je ne suis pas aussi distingué : je suis un brigand, un assassin. Ça ne fait rien, monsieur, serre-toi un peu pour faire place ; ce n'est pas de ma faute si on m'a mis en votre compagnie! Dans l'autre monde, il y aura de la place pour tous.

Il mesura tous les assistants d'un coup d'œil vigilant, défiant et sauvage. Mais on le regardait sans parler, gravement et même avec une compassion évidente. Il découvrit de nouveau les dents et frappa à plusieurs reprises sur le genou de VVerner.

– C'est comme ça, monsieur ! Comme on dit dans la chanson : « Ne fais pas de bruit, verte forêt de chênes ! »

– Pourquoi m'appelles-tu monsieur ?

– Tu as raison !... acquiesça le Tzigane avec satisfaction. Quel monsieur serais-tu, puisque tu vas être pendu à côté de moi ! Voilà celui qui est le vrai monsieur !

Il tendit le doigt vers le gendarme silencieux.

– Et votre camarade là-bas, il n'en mène pas large ! ajouta-t-il en désignant des yeux Vassili. Monsieur, eh ! monsieur, tu as peur, hein ?

– Non ! répondit une langue qui remuait avec peine.

– Allons donc ! Il ne faut pas te gêner, il n'y a rien de honteux à cela ! Ce sont les chiens seulement, qui agitent la queue et découvrent les dents quand on va les pendre ; mais toi, tu es un homme. Et ce polichinelle-là, qui est-ce ? Il n'est pas des vôtres ?

Ses yeux dansaient sans cesse ; constamment, il crachait avec un sifflement sa salive abondante et douceâtre. Ianson, immobile, pelotonné dans un coin, agita un peu les oreilles de sa casquette de fourrure pelée, mais ne dit rien. Werner répondit à sa place :

– Il a égorgé son patron.

– Mon Dieu ! fit le Tzigane étonné. Comment permet-on à des oiseaux pareils d'égorger les gens ?

Depuis un moment, il examinait Moussia à la dérobée ; soudain, il se tourna vivement et fixa sur elle son regard droit et perçant.

– Mademoiselle ! Hé ! mademoiselle ! Qu'avez-vous donc ? Vos joues sont toutes roses et vous riez ! Regarde, elle rit vraiment ! Regarde ! Regarde ! Et il saisit le genou de Werner de ses doigts crochus.

Rougissante, un peu confuse, Moussia planta ses yeux dans les yeux attentifs et sauvages qui la questionnaient. Tous gardèrent le silence.

Les petits wagons bondissaient sur la voie étroite et couraient avec empressement. À un tournant ou à un passage à niveau, la sirène siffla : le mécanicien avait peur d'écraser quelqu'un. N'était-il pas atroce de penser qu'on apportait tant de soins, d'efforts, en un mot toute l'activité humaine à conduire des hommes à la pendaison ? La chose au monde, la plus insensée, s'accomplissait sous un aspect simple et raisonnable. Les wagons couraient ; des gens y étaient assis, comme d'habitude, voyageaient comme on voyage généralement. Puis, il y aurait un arrêt, comme toujours : « Cinq minutes d'arrêt. »

Et alors viendrait la mort, – l'éternité, – le grand mystère.

XII

« ILS SONT ARRIVÉS »

Le train avançait avec rapidité.

Serge Golovine se souvenait d'avoir passé l'été, quelques années auparavant, dans une petite campagne située sur le même chemin. Il s'y était promené souvent le jour et la nuit ; il la connaissait bien. En fermant les yeux, il pouvait s'imaginer qu'il y retournait, par le dernier train, après s'être attardé chez des amis.

« J'arriverai bientôt », pensa-t-il en se redressant ; et ses yeux rencontrèrent la sombre fenêtre grillée. Autour de lui rien ne bougeait. Seul le Tzigane crachotait continuellement, et ses yeux courant le long du wagon semblaient toucher les portes, les soldats.

– Il fait froid, dit Vassili Kachirine entre ses lèvres minces et qui paraissaient gelées.

Tania Kovaltchouk s'agita, maternelle :

– Voici un fichu très chaud pour vous envelopper…

– Le cou ? demanda Serge, et il eut peur de sa question.

– Qu'importe, Vassia ! Prends-le…

– Enveloppe-toi. Tu auras plus chaud, ajouta Werner.

Il se tourna vers Ianson et lui demanda tendrement :

– Et toi, tu n'as pas froid ?

– Werner, il veut peut-être fumer ? Camarade, voulez-vous fumer ? demanda Moussia. Nous avons du tabac.

– Je veux bien.

– Donne-lui une cigarette, Serge ! dit Werner.

Mais Serge lui tendait déjà son étui.

Et tous se mirent à regarder avec tendresse comment les doigts inhabiles de Ianson prenaient la cigarette, comment s'enflammait l'allumette et comment de sa bouche sortait une petite fumée bleuâtre.

– Merci, dit Ianson. C'est bon.

– Que c'est drôle ! dit Serge.

– Qu'est-ce qui est drôle ? demanda Werner.

– La cigarette, répondit Serge, qui ne voulait pas dire toute sa pensée.

Ianson tenait la cigarette entre ses doigts vivants et pâles. Avec étonnement, il la regardait. Et tous fixaient leur regard sur ce petit bout de papier, sur cette spirale de fumée sortant de la cendre grise.

La cigarette s'éteignit.

– Elle s'est éteinte, dit Tania.

– Oui, elle s'est éteinte.

– Que le diable l'emporte ! dit Werner, regardant avec inquiétude Ianson dont la main tenant la cigarette pendait, comme morte.

Soudain, le Tzigane se tourna, pencha son visage tout près de celui de Werner et, le regardant dans le blanc des yeux, chuchota :

– Monsieur, si on attaquait les soldats du convoi ?... Qu'en pensez-vous ?

– Non, répondit Werner.

– Pourquoi ? Il vaut mieux finir en combattant. Je donnerai un coup, on m'en donnera un autre et je mourrai sans m'en apercevoir...

– Non, il ne faut pas, dit Werner.

Et il se tourna vers Ianson :

– Pourquoi ne fumes-tu pas ?

Le visage desséché de Ianson se plissa pitoyablement, comme si quelqu'un avait tiré les fils qui mouvaient les rides de sa figure ; l'Estonien sanglota sans larmes, d'une voix blanche :

– Je ne peux pas fumer. Ah ! ah ! ah ! Il ne faut pas me pendre. Ah ! ah ! ah !

Tout le monde se tourna vers lui. Tania, pleurant abondamment, lui caressait les bras et rajustait son bonnet :

– Mon ami, ne pleure pas, mon ami ! Mon pauvre ami !

Tout à coup les wagons s'entrechoquèrent et ralentirent leur marche. Les condamnés se levèrent, mais se rassirent aussitôt.

– Nous sommes arrivés, dit Serge.

Subitement, ce fut comme si l'on avait pompé tout l'air de la voiture. Il devint difficile de respirer. Les cœurs dilatés pesaient dans la poitrine, montaient vers la gorge, battaient désespérément, et le sang, dans sa terreur, semblait se révolter. Les yeux regardaient le plancher trépidant, les oreilles écoutaient les roues qui roulaient toujours plus lentement, roulaient encore, puis s'arrêtaient doucement.

Le train stoppa.

Une étrange torpeur envahit les condamnés. Ils ne souffraient pas. Ils semblaient vivre d'une vie inconsciente. Leur être sensible était absent ; seul son fantôme se mouvait, parlait sans voix, marchait en silence. On sortit. On se rangea par deux, en aspirant l'air frais de la forêt. Comme dans un rêve, Ianson se débattait gauchement : on l'arracha du wagon.

– Nous irons à pied ? demanda quelqu'un presque gaiement.

– Ce n'est pas loin, répondit une voix insouciante.

Sans rien dire, on avançait dans la forêt, le long d'un chemin boueux et humide. Les pieds glissaient, s'enfonçaient dans la neige, et les mains s'accrochaient parfois involontairement à celles des camarades. Respirant avec peine, les soldats marchaient en file, de chaque côté des condamnés. Une voix irritée prononça :

– Ne pouvait-on tracer le chemin ? On a peine à avancer.

– On a bien nettoyé, Votre Noblesse, mais c'est le dégel. Il n'y a rien à faire.

Chez les condamnés la conscience revenait, mais partielle. Tantôt la pensée semblait affirmer : « C'est vrai, on ne pouvait pas nettoyer le chemin », tantôt elle s'obscurcissait de nouveau et il ne restait que l'odorat qui percevait avec une acuité singulière la senteur forte et saine de la forêt ; tantôt encore tout devenait très clair, très compréhensible, et la forêt, et la nuit, et le chemin… et la certitude que tout à l'heure, dans une minute, la mort implacable les saisirait. Et petit à petit, un chuchotement s'élevait :

— Il est quatre heures bientôt.

— Je l'ai dit. Nous sommes partis trop tôt.

— Il fait jour à cinq heures.

— C'est cela, à cinq heures ; il fallait donc attendre.

On s'arrêta dans la clairière obscure. Près de là, derrière les arbres dont l'ombre immense s'agitait sur le sol, se balançaient silencieusement deux lanternes. C'est là qu'étaient dressées les potences.

— J'ai perdu un de mes caoutchoucs, dit Serge.

— Eh bien ? demanda Werner sans comprendre.

— Je l'ai perdu. J'ai froid.

— Où est Vassili ?

— Je ne sais pas. Le voilà.

Sombre et immobile, Vassili se tenait tout près d'eux.

— Où est Moussia ?

— Me voici. C'est toi, Werner ?…

On se regardait ; on évitait de se tourner du côté où, silencieuses et terriblement expressives, se balançaient les lanternes. À gauche, la forêt clairsemée semblait s'éclaircir encore. Et au delà, c'étaient de vastes plaines grises, d'où venait un vent humide.

– C'est la mer, dit Serge en humant les souffles. C'est la mer…

Moussia répondit par les vers de la chanson :

– « Mon amour vaste comme la mer ».

– Que dis-tu, Moussia ?

– « Les rives de la vie ne peuvent contenir
Mon amour vaste comme la mer ».

– « Mon amour vaste comme la mer », répéta pensivement Serge.

– « Mon amour vaste comme la mer », reprit Werner.

Et soudain il s'étonna :

– Moussia, ma petite Moussia, que tu es encore jeune !

À ce moment, tout près de l'oreille de Werner retentit la voix haletante et passionnée du Tzigane :

– Monsieur, monsieur, regardez la forêt. Qu'est-ce que tout cela ? Et là !… les lanternes ! Est-ce le gibet ?

Werner le regarda. Les traits convulsés de l'homme étaient effrayants à voir.

– Il faut nous dire adieu, murmura Tania.

— Attends ! On va lire le jugement. Où est Ianson ?

Ianson restait étendu dans la neige. Des gens l'entouraient. Une violente odeur d'éther se répandait autour d'eux.

— Eh bien, docteur, est-ce bientôt fini ? demandait quelqu'un avec impatience.

— Ce n'est rien. Une syncope. Frottez-lui les oreilles avec de la neige. Ça va déjà mieux. Vous pouvez lire…

La lumière d'une lanterne sourde se répandit sur le papier et des mains blanches dégantées. Le papier et les mains tremblaient. La voix aussi.

— Messieurs, peut-être vaut-il mieux ne pas lire… Vous connaissez tous le jugement…

— Ne lisez pas ! répondit pour tout le monde Werner.

Et la lumière disparut aussitôt.

Les condamnés refusèrent aussi l'office du prêtre. Sa silhouette noire et large fit quelques pas en arrière et disparut. L'aube pointait. La neige devint plus blanche, plus sombre le visage des condamnés, et la forêt plus dénudée et plus triste.

— Messieurs, marchez deux par deux. Vous pouvez choisir votre compagnon. Mais je vous prie d'accélérer le pas.

Werner désigna Ianson qui était debout, soutenu par deux soldats.

— J'irai avec lui. Serge, prends Vassili… Passez devant nous.

– C'est bien.

– Je vais avec toi, Moussia, dit Tania. Viens, embrassons-nous !

Tous s'embrassèrent rapidement. Le Tzigane embrassait avec force ; on sentait ses dents ; Ianson doucement et mollement, d'une bouche à demi-ouverte. Il semblait qu'il ne comprenait plus ce qu'il faisait. Quand Serge et Wassili eurent fait quelques pas, celui-ci s'arrêta subitement et, d'une voix forte, mais qui semblait étrangère et inconnue, cria :

– Adieu ! camarades !

– Adieu, camarade ! lui fut-il répondu.

On se remit en marche. Tout était tranquille. Les lanternes derrière les arbres devinrent immobiles. On entendait un cri, une voix, un bruit quelconque, mais là comme ici tout était calme.

– Ah ! mon Dieu ! râla quelqu'un.

On se retourna : c'était le Tzigane qui, dans un effort désespéré, criait :

– On va nous pendre !

Il s'agitait, battant l'air de ses mains et cria encore :

– Dieu ! Est-ce que je serai pendu tout seul ?

De ses mains convulsives, il agrippa la main de Werner et continua :

– Monsieur, mon cher, mon bon monsieur. Tu viendras avec moi, veux-tu ?

Werner, le visage crispé par la douleur, lui répondit :

– Je ne puis, je suis avec Ianson.

– Ah ! mon Dieu ! Alors, je serai seul. Pourquoi ? Pourquoi ?

Moussia fit un pas vers lui et murmura :

– J'irai avec vous.

Le Tzigane recula et la fixa de ses grands yeux dilatés :

– Avec toi ?

– Oui.

– Mais tu es si petite, tu n'as pas peur de moi ? Je ne veux pas. J'irai seul.

– Je n'ai pas peur de vous...

Le Tzigane découvrit ses dents.

– Ne sais-tu pas que je suis un brigand ? Et tu veux bien de moi ? Réfléchis. Je ne serai pas fâché si tu refuses.

Moussia se tut et dans l'aube blanchissante son visage sembla d'une pâleur lumineuse et mystique. Soudain, elle s'avança rapidement vers le Tzigane et, prenant sa tête dans ses mains, elle l'embrasse fortement. Lui la prit par les épaules, l'écarta un peu, puis la baisa bruyamment sur les joues et sur les yeux.

Le soldat qui se trouvait auprès d'eux s'arrêta, ouvrit les mains et laissa tomber son fusil. Mais il ne se baissa pas pour le ramasser. Il resta un moment immobile, fit un brusque écart et se mit à marcher dans la forêt.

– Où vas-tu ? lui cria d'une voix effrayée son camarade. Reste !

Mais l'autre, avec peine, essayait d'avancer. Tout à coup, il battit l'air de ses mains et tomba, le visage en avant.

– Ramasse ton fusil, poule mouillée ! ou c'est moi qui le ramasserai, cria sévèrement le Tzigane. Tu ne connais pas ton service. N'as-tu jamais vu un homme mourir ?

De nouveau, les lanternes vacillèrent. Le tour de Werner et de Ianson était arrivé.

– Adieu, monsieur ! dit le Tzigane à voix haute. Nous nous reverrons dans l'autre monde. Quand tu m'apercevras, ne te détourne pas.

– Adieu !

– Il ne faut pas me pendre, dit encore Ianson, d'une voix blanche.

Mais Werner le prit par la main et Ianson fit quelques pas. Ensuite, on le vit s'affaisser dans la neige. On se pencha vers lui, on le souleva, on le porta, tandis qu'il se défendait mollement dans les bras des soldats.

Et de nouveau, les lanternes jaunes devinrent immobiles…

– Et moi, Moussia, j'irai donc seule ? dit tristement Tania. Nous avons vécu ensemble et maintenant…

– Tania, ma bonne Tania !

Le Tzigane s'interposa ardemment, tenant Moussia comme s'il craignait qu'on la lui arrachât :

— Mademoiselle, s'écria-t-il, allez seule. Vous avez une âme pure. Vous irez où vous voudrez. Moi, je ne le puis. Je suis un bandit. Je ne puis partir seul. « – Où vas-tu ? me dira-t-on, toi qui as tué, qui as volé ! », car j'ai volé aussi des chevaux, mademoiselle. Et avec elle, je serai comme avec un enfant innocent, comprenez-vous ?

— Oui, je comprends. Allez donc ! Laisse-moi t'embrasser encore une fois, Moussia.

— Embrassez-vous ! Embrassez-vous ! dit le Tzigane. Vous êtes des femmes. Il faut bien se dire adieu.

Le tour de Moussia et du Tzigane arriva. La femme marchait avec précaution, d'un pas glissé et se retroussait par habitude. La soutenant d'une main forte et tâtant le terrain de son pied, l'homme l'accompagnait à la mort. Les lumières s'immobilisèrent. Autour de Tania tout redevint tranquille et solitaire. Les soldats, gris dans la lueur blafarde de l'aube, se taisaient.

— Je reste seule, dit Tania. Et elle soupira. Serge est mort, Werner et Wassili sont morts. Et Moussia meurt. Je suis seule. Soldats, mes petits soldats, vous voyez, je suis seule, seule…

.   .   .   .
.   .   .   .   .   .

Le soleil se leva au-dessus de la mer.

On plaça les cadavres dans des coffres et l'on se remit en route. Le cou allongé, les yeux exorbités, leurs langues bleues sortant des bouches, les suppliciés refaisaient le chemin par lequel, vivants, ils étaient venus.

Et la neige était douce, et l'air de la forêt était pur et embaumé.

Le caoutchouc perdu par Serge faisait une tache noire dans la blancheur du chemin.

C'est ainsi que les hommes saluaient le soleil levant.